KB121945

로크미디어가
유혹하는
재미있는 세상

# 짐승 같은 뉴비 4

2022년 4월 8일 초판 1쇄 인쇄
2022년 4월 13일 초판 1쇄 발행

**지은이** 예정후
**발행인** 김정수 강준규

**기획** 이기헌 왕소현 박경무 강민구
**책임편집** 천기덕
**마케팅지원** 이원선

**발행처** (주)로크미디어
**출판등록** 2003년 3월 24일
**주소** 서울시 마포구 성암로 330 DMC첨단산업센터 318호
**Tel** (02)3273-5135 **편집** 070-7863-0307 **Fax** (02)3273-5134
**홈페이지** rokmedia.com **E-mail** rokmedia@empas.com

ⓒ 예정후, 2022

값 8,000원

ISBN 979-11-354-7462-0 (4권)
ISBN 979-11-354-7458-3 04810 (세트)

이 책의 모든 내용에 대한 편집권은 저자와의 계약에 의해
(주)로크미디어에 있으므로 무단 복제, 수정, 배포 행위를 금합니다.

작가와의 협의에 의해 인지는 생략합니다.
잘못된 책은 구입처에서 바꾸어 드립니다.

짐승같은 뉴비

정후 퓨전 판타지 장편소설 ④

# Contents

# 혼나는 뉴비 (2)

보자.

신우는 그다음 날까지도 내가 돌아왔다는 것을 믿지 않았고……

이코는 1시간 정도 긴가민가한지 눈치를 보았다.

하지만 철만 아저씨는 달랐다.

"그, 그래! 희망이 생긴 거야! 네가 차원 역류에서 돌아왔다는 건 이제 영하도……!"

아저씨는 놀랄 만큼 빠르게 나의 귀환을 받아들인 것이다.

그 모습에 나는 피식 웃었다.

"벌써 마음이 다른 데 가셨네. 서운합니다, 정말."

그러자 중년 남자의 눈동자에 비로소 눈물이 차오르기 시작했다.

동시에 울음이 터져 나왔다.

"끄허어어어-!"

토닥토닥.

나는 그의 등을 가만히 두드려 주었다.

잠시 후, 아저씨의 울음이 그친 뒤에야 이야기가 시작되었다.

"……그러니까 야수계라는 곳이 있고, 네가 거기서 44년을 보냈다는 말이지."

"그렇죠."

"그럼 나보다 나이가 많은데?"

"형이라고 부르셔도 괜찮습니다."

"그럴까? 원호 형?"

"으악, 하란다고 합니까? 하지 마세요!"

"크허허허허……!"

철만 아저씨의 메인 연구실은 꽤 넓은 편이고, 갖출 것은 다 갖추고 있는 곳이었다.

안쪽에는 간소하게나마 부엌과 식당까지.

해저 동굴을 파서 만들고 간이 장치로 관리되는 곳이라서 여기저기에 곰팡이가 피어 있긴 했지만 말이다.

"네가 신우의 마력 체계 이상까지 고쳐 주었다니. 내가 꿈을 꾸는 건가 싶구나. 정말 꿈은 아니겠지?"

아저씨는 철썩 소리가 날 정도로 자신의 뺨을 때려 보기까지 했다.

"확실히 꿈은 아닌 것 같은데."

"혹시 모르니까 반대편도 때려 보시죠."

"네가 조금 더 건방져져서 돌아온 걸 보니 현실이 아주 확실한 듯하구나."

"쳇."

복잡한 이야기는 지금부터다.

거신의 조각, 신인류, 신성 스탯, 게이트 보스들의 거짓 사명…….

신우나 이코에게도 제대로 말하지 않은 부분들을 전부 털어놓았다.

철만 아저씨는 아티팩트 제작자이면서 베테랑 헌터다.

게이트의 비밀에 대해 뭔가 알고 계실지도 모른다.

"짚이는 것 없으십니까?"

"흐으음."

아저씨는 한동안 턱을 긁적이며 고개를 갸웃거렸다.

그러다가 툭 꺼낸 이야기.

"최초의 게이트 이야기, 너도 알고 있겠지?"

나는 고개를 끄덕였다.

"1999년에 태평양 한복판에서 열린 '대왕 시 서펀트의 심해'잖아요?"

당시 인류는 게이트에 대해 알지 못했고 마력 각성자도 나오지 못한 시기.

그러니 시 서펀트 게이트는 당연히 공략되지 못한 상태에서 폭발과 역류를 일으켰다.

지구에서 일어난 최초의 역류가 바로 이것이었다.

그런데 철만 아저씨는 의외의 이야기를 꺼냈다.

"그럼 야수계에 생긴 '최초의 게이트'는 무엇이냐? 그것도 알고 있냐?"

"야수계의 최초 게이트……?"

예상치 못한 질문.

잠시 생각에 잠겼던 나는 고개를 저었다.

"모르겠습니다. 제가 야수계에 떨어졌을 때는 이미 게이트 사태가 진행 중이었고, 수인 헌터들은 지구인들과 그런 과거사들은 중요하게 기록해 두지 않았어요. 문화가 다르거든요. 어쩌면 최초의 게이트를 관측하지 못했을 수도 있지요."

태평양에 열린 시 서펀트 게이트를 최초로 발견한 것은 바로 군사용 인공위성이었다.

지구만큼 공학이 발달하지 않은 야수계에서는 최초로 열린 게이트는 발견되지 않은 채로 공략 가능 시간이 경과되어 역류했을 가능성도 있다.

철만 아저씨는 눈을 가늘게 뜨며 고개를 주억거렸다.

"그럴 수도 있겠군. 야수계의 경우를 참고하기는 어렵겠구나."

왜 최초의 게이트 이야기를 꺼내신 거지?

그의 다음 이야기는 꽤나 놀라운 것이었다.

"얼마 전에 존 메이든이 나에게 귀띔해 준 비밀이 하나 있어. 최초의 게이트가 열렸을 때 그 근처에 발견된 미스터리 아티팩트에 관한 이야기지."

"……!"

존 메이든.

지구의 최상위 헌터들이 모인 '세븐 스타즈'의 수장이며, 미국 대표 클랜인 '골든실드'의 클랜 마스터.

명실상부 이 지구 세계의 최강자였다.

마치 야수계에서 내가 그랬던 것처럼.

'존 메이든도 여기까지 찾아와서 아저씨한테 장비를 만들어 달라고 한 모양이네.'

세계 최강 헌터의 이름을 아무렇지 않게 꺼낸 철만 아저씨는 미스터리 아티팩트에 대한 이야기를 이어 갔다.

"어마어마한 크기의 '모뉴먼트'가 있었다고 하더구나. 우리말로는 비석이지?"

비석?

"의미를 알 수 없는 언어가 새겨진 거대한 돌. 어디서도 본 적 없는 구조물이 시 서펀트 게이트 옆에서 발견되었다는 거야. 크기는 거의 63빌딩만 하고."

"……!"

"더 신기한 건 어떻게 해도 손상이 되지 않더란다. 상상이 되냐?"

"태평양 한복판에요?"

"그렇다니까. 차원 역류와 함께 사라져 버렸다고 하는데 사진 자료는 남아 있다고 하더라. 뭐, 존 메이든의 말에 따르자면 그래."

"……."

묘한 이야기다.

'어디서도 들어 본 적 없는 이야기이기도 하고.'

차원 역류로 인해 비석이 사라졌다고는 하나, 사진 자료가 남아 있음에 불구하고 이 이야기가 세상에 알려지지 않았다는 것.

이는 의도적으로 은폐되었음을 의미했다.

분명 세계 클랜 협의회와 각국 정부의 소행이다.

"생각해 봐라. 왜 감췄겠냐?"

내 얼굴을 지그시 바라보는 철만 아저씨의 질문.

나는 간단히 대답할 수 있었다.

"그 언어 때문이겠네요. 해독했더니 위험한 내용이었거나, 해독 자체를 못 했거나."

"후자라고 하더구나. 내로라하는 언어학자들과 암호 전문가들이 다 달려들었는데 전혀 감도 못 잡았다나? 그 거대한 비석에 글자가 빼곡하게 쓰여 있는데 말이지."

"인류의 지식으로는 해독이 안 된다는 말이겠군요."

"맞아. 네 이야기를 듣고 있자니 그 비석이 떠오르는구나."

"관련이 있을까요?"

"글쎄, 혹시 모르는 일 아니겠냐? 그 '신성'이라는 스탯을 충실하게 키워 두면 비석에 새겨진 정체불명의 언어를 읽어 낼 수 있을지?"

"……."

흥미롭긴 하지만 가정에 불과하다.

발을 뻗기 힘들 만큼 간격이 먼 징검다리와도 같은 추측.

'존 메이든과 대면하게 되면 검증할 수 있을까?'

그것도 모를 일.

어쨌거나 나는 철만 아저씨에게 나의 목표에 대해 말씀드렸다.

'야수계에서 그랬듯, 모든 게이트를 닫고 새로운 거신의 조각을 얻어서 영하 누나를 찾아내는 것.'

그러자 아저씨의 눈빛이 깊게 가라앉았다.

"……원호, 너도 영하가 죽지 않았다고 믿고 있구나."

"당연하죠. 제 자신이 증거니까요."

나는 차원 역류를 겪고도 살아 돌아왔다.

그렇다면 다른 사람도 가능하지 않을까?

'누나처럼 영리하고 재능 넘치는 헌터라면…….'

타계에서도 분명 살아 있을 것이다.

'반드시 그럴 거야.'

적어도 나와 아저씨만큼은 그렇게 믿어야 한다.

"……고맙다, 원호야."

나를 바라보는 철만 아저씨의 눈시울이 붉어졌다.

그리고 결연한 의지가 깃들었다.

"해 보자. 내가 도와주마. 뭐든지 할 테니까 필요한 게 있으면 말만 해!"

그 말에 나는 피식 웃었다.

"필요한 게 좀 많은데요."

내가 아공간에서 꺼내 든 장비 리스트.

"……?"

그 기나긴 목록을 훑어본 아저씨의 표정이 조금 굳어지는 것은 어쩔 수 없는 일이었다.

"아무래도 작업장을 옮기긴 해야겠어."

"큰 결심 하셨네요."

"헌터들과 접촉하는 게 싫어서 숨어 있었던 건데, 적당한 방패막이가 있으면 못 나갈 이유도 없지."

"무진 그룹을 소개시켜 드릴까요?"

"흐음, 나쁘지 않겠네. 미국의 골든실드나 일본의 은양성을 막아 주려면 무진 그룹이야말로 제격이라고 할 수 있으니."

철만 아저씨는 나를 데리고 대장간으로 들어갔다.

작업장을 게이트 바깥으로 옮기기 전에 미리 만들어 둬야 할 장비들을 만들기 위해서였다.

"불부터 넣어라. 안 까먹었지?"

"그럼요."

용광로에 불이 붙고 쇠가 들락날락하며 새로운 모양을 잡기 시작했다.

그리고 보통의 대장간과 다른 점.

[알림 : 마력을 이용한 장비 제작이 시작됩니다.]

모든 과정에서 마력이 사용되며 재료의 성질을 제작자가 직접 결정할 수 있다는 점이다.

철만 아저씨는 마력이 깃든 망치를 휘두르며 쇳덩이들을 두드려 패기 시작했고…….

[안내 : 극한에 이른 명인의 솜씨를 견식하고 있습니다.]

[알림 : 특성 '통찰'이 반응하고 있습니다.]

[정보 : 완벽한 수준의 제작 과정에서 영감을 얻을 수 있습니다!]

[알림 : 새로운 칭호 '곁눈질의 대가'가 주어집니다!]

[정보 : 지력과 의념에 +1만큼 보너스가 주어집니다.]

"……."

나는 단지 그가 작업하는 모습을 지켜보는 것만으로 스탯 보너스를 얻을 수 있었다.

'와, 이 정도였구나.'

솔직히 몰랐다.

차원 역류에 휘말리기 전의 나는 아주 약간 뛰어난 수준의 루키에 불과했다.

그러니 철만 아저씨가 얼마나 대단한 제작자인지 체감하기 어려웠던 것이다.

'야수계에서의 경험을 통해 내 통찰 특성은 레벨 6에 도달한 상태.'

그 덕분에 저 손길의 위대함에 대해 절절하게 깨닫는 중이었다.

'빗나가는 타격이 전혀 없네. 마력 전달로 필요한 효과를 최대한으로 끌어내고 있고.'

정말이지 마이스터의 솜씨 자체였다.

"뭘 그렇게 봐?"

"대단해서요."

"너 혹시 통찰 특성도 올랐냐?"

"레벨 6입니다."

"세상에, 그래도 아직 따라잡히진 않았군. 정말 형이라고 부르게 될 뻔했어."

철만 아저씨는 낄낄거리며 망치질을 때려 댔다.

그리고 완성된 것은 은백색의 갑주.

"색깔 구리다니까요."

"아노다이징 해 줄게! 좀 기다려라!"

……바로 신우에게 줄 수혼갑의 베이스가 될 녀석이었다.

까맣게 피막이 만들어진 몸통 방어구.

"휴우."

이마에 흐르는 땀을 닦아 낸 철만 아저씨는 흥미진진한 표정으로 나에게 질문했다.

"이제 바로 하는 거냐? 그 3D 마법진?"

일전에 신우에게 설명했던 것처럼.

나는 장비에 에고를 심어 넣는 작업을 가장 간단하게 설명했다.

"네. 균열을 만들어서 마법진을 새겨 넣는 겁니다. 야수계에서는 어린 녀석들도 시도할 정도로 간단해요."

"내가 만든 장비에 균열을 내고 부식을 일으킨다니, 솔직히 좀 꺼림칙하긴 한데……. 그래도 한번 보여 줘 봐. 뭔가 참고할 수 있는 부분을 찾을 수 있을지도 모르겠어."

아저씨처럼 대단한 장인이라면 내 작업 방식에서 뭔가 깨달을 수도 있을 것 같다.

대장간에서 작업대로 돌아온 나는 철만 아저씨와 나란히 앉아서 마법진을 새겨 넣는 작업을 시작했고······.

[알림 : 특성 '통찰'이 반응하고 있습니다.]
[정보 : 한계까지 집중력을 발휘할 수 있습니다.]
[정보 : 재료의 특성을 완벽하게 파악할 수 있습니다.]
[정보 : 작업의 효율이 극대화됩니다.]

"오케이. 끝."
갑주에서 손을 떼는 것과 동시에 시스템 메시지가 떠올랐다.

[알림 : 아티팩트 '비어 있는 수혼갑'을 성공적으로 제작했습니다.]

그러자 아저씨의 눈빛에 이채가 스쳤다.
"재밌네. 손상을 이용하는데 오히려 내구도가 올랐잖아?"
"그런 것까지 보이십니까?"
"허허. 마치 살아 있는 생물의 몸이 된 것 같구나. 아직은 그릇에 불과해서 제대로 작동하지 않는 듯하지만 말이야."
그는 대단히 흥미로운 눈빛으로 '비어 있는 수혼갑'을 살펴보고 있었다.
"그럼 제대로 작동하는 걸 보여 드릴게요."

나는 허리께에서 칼날을 뽑아서 내밀었다.

"인사해, 해청."

—안녕하세요! 장인장인 아저씨!

"오오!"

"장인장인 아저씨? 그 이상한 호칭은 또 뭐야?"

—주인의 '장인' 어른인데 아티팩트의 '장인'이라며? 그럼 장인장인이지.

……대체 이 녀석의 언어 습관은 누가 망쳐 놓은 것인지 모르겠다.

내 푸념과는 별개로 철만 아저씨는 몹시 즐거운 눈치였다.

"오오, 이건 전혀 다른 범주의 에고 소드로구나. 매우 흥미로워! 정말 살아 있는 생물처럼 느껴져……."

"진짜 생물처럼 성장도 합니다."

"정말? 에고 소드인데 성장형이라고?"

—제 이름은 해청. 성장통을 모르는 명검이죠.

"허허허! 게다가 귀엽기까지!"

'그렇게 좋으신가? 나중에 해청이 더 레벨 업 하면 깜짝 놀라시겠네.'

철만 아저씨의 즐거운 한때를 지켜보던 중, 문득 작업대 위에 있는 은백색 팔 보호대에 시선이 꽂혔다.

내가 이곳을 찾아왔을 때 한창 작업 중이었던 물건.

"저건 뭐예요? 무기는 아닌 것 같은데."

"아, 그거?"

철만 아저씨는 흘낏 쳐다보더니 씩 웃는 것이었다.

"너 가져라."

"……?"

한국에서 최강의 헌터를 올노운으로 치는 것에 거의 이견이 없는 것처럼, 세계 무대에서는 미국의 존 메이든을 최강으로 보곤 했다.

이른바 인류 최강이라는 것이다.

하지만 그건 어디까지나 세간의 시선.

'사실 헌터들 사이에서는 나름대로 의견이 분분하지.'

내가 생각하기에도 세븐 스타즈는 쉽게 우열을 가리기 힘든 집단이었다.

일본의 텐류, 프랑스의 나디아, 터키의 카라바크, 중국의 레이황, 호주의 넌크리드.

모두 레벨 95 내외에 도달한 헌터들이다.

그리고 다들 존 메이든과 올노운와 비슷한 수준이라고 할 수 있다.

즉, 고만고만하다는 뜻이다.

'사실 100레벨 직전이 원래 그런 구간이야.'

더 이상 뛰어넘을 수 없는 절대적인 한계점에 도달한 것 같고.

EX급 게이트가 아니면 경험치가 거의 오르지 않는 막막한 시점.

아마 다들 스스로를 극한에 도달한 초인들이라고 여기고 있을 것이다.

'레벨 제한이 풀리면 또 완전히 새로운 세상인데 말이지…….'

어쨌거나 그런 세븐 스타즈의 한 사람이 '나디아'라는 여자였다.

그녀는 프랑스의 대표 헌터로서 '라르크 클랜'이라는 초거대 클랜의 수장이기도 했다.

'게이트 출입 관리만큼은 차원통제청이 맡고 있는 우리나라와는 다르게 관리, 조사, 공략, 채굴까지 한꺼번에 처리할 수 있는 권한을 가진 공룡 클랜.'

프랑스에서는 대통령와 겨루어도 모자라지 않은 절대적인 위상을 가진 인물이 바로 나디아였다.

그런데…….

"이걸 제가 가지라고요?"

"그래. 이따가 완성해 줄 테니까 네가 써라. 그것도 검정색으로 아노다이징할 거니까 징징거리지 말고."

"……."

그 여자가 만들어 달라고 의뢰한 아티팩트가 내 손 안으로 들어왔다.

　"왜? 싫으냐? 싫으면 내려놔. 할망구 줘 버리게."

　철만 아저씨는 별일도 아니라는 듯이 웃으면서 손가락을 까딱거리고 있었다.

　나는 정색했다.

　"전 장인어른이 만드신 것 중에서 싫은 게 하나도 없는 사람입니다. 누나도 그렇고, 장비도 그렇고."

　"짜식이 주둥이도 좀 늘었네. 그래서 요 녀석이 보고 배운 거구먼?"

　-헤헤, 스승님. 헤헤!

　"그런 거 아닙니다……."

　나디아가 의뢰한 아티팩트를 내가 가질 수 있다면 당연히 두 손을 들고 환영할 일이었다.

　'이게 정확히 뭔진 모르겠지만 말이야.'

　"설명 좀 해 주세요. 미완성이라서 작동도 안 되는 것 같은데."

　하지만 철만 아저씨는 피식 웃으며 고개를 젓는 것이었다.

　"무슨 소릴. 미완성이지만 다 작동되는 거야, 이 녀석아."

　"어떻게 쓰는 건데요?"

　"양쪽 어깨에 가볍게 두드려 봐. 어깨에서부터 착용하는 물건이거든. 이름은 '철견'이라고 붙였다."

"철견······?"

〈미완성 상태의 철견〉

[방어구][A등급] 명장의 손끝에서 만들어진 어깨 갑옷. 마법 공학의 정수가 담긴 예술품과도 같다.

마력을 불어넣어 다양한 기능을 활성화시킬 수 있다.

효과 : 체력 +3, 마력 +3

귀속 스킬 : 철견 돌파, 연성 발동, 파동 흡수

'강철의 어깨란 말이지.'

나는 아저씨가 알려 준 대로 장비를 어깨에 가져다 댔고.

찰칵, 찰칵!

깔끔한 쇳소리와 함께 두 팔 전체에 방어구가 휘감겼다.

"오호······."

마치 정교하게 만들어진 기계 팔을 끼운 것처럼 보인다.

아까 아저씨에게는 은백색이라서 촌스럽다고 말했지만.

'사실 이것도 번쩍번쩍해서 나름 위압감도 있고 멋있긴 해.'

물론 검정색이 낫겠다는 생각은 변함이 없지만 말이다.

하지만 헌터로서의 나는 아직 설득되지 못했다.

베테랑 헌터 입장에서 의아한 구석이 있었던 것이다.

언뜻 대단한 방어구처럼 보이는 것은 사실이다.

'체력과 마력에 3포인트씩.'

일단 보너스 효과 좋고.

'공격, 지원, 방어 스킬이 하나씩 붙은 모양이지.'

귀속 스킬도 세 개나 붙어 있으니 A등급에 손색이 전혀 없는 수준이었다.

당장 S등급으로 판정된다고 해도 전혀 이상하지 않을 정도였다.

하지만 결정적인 단점이 있었다.

"아저씨, 이거 좀 무거운데요? 이래서는 득보다 실이 많을 것 같습니다."

그게 문제다.

무겁다.

아무리 정교하고 섬세한 마법 기술로 인챈팅 되어 있다고 해도.

금속으로 만들어진 방어구를 팔 전체에 두르고 있는 것은 미묘한 무게감을 동반할 수밖에 없었다.

그러니 의아해질 수밖에.

"손 움직임도 둔해지고 속도전에서 불리해지잖아요."

"……."

"차라리 어깨와 상완은 드러내는 쪽이 낫지 않나? 나디아는 왜 이런 구조를 주문한 거지?"

프랑스의 대표 헌터가 무슨 생각으로 이런 물건을 주문한 것인지 고개를 갸웃거리고 있을 때.

"철완에 마력을 흘려 넣어 봐."

아저씨는 빙긋 웃으며 말했다.

나는 멈칫했다.

"그러고 보니……?"

다른 아이템에서는 본 적 없던 특이한 설명이 한 줄 있었다.

　－마력을 불어넣어 다양한 기능을 활성화시킬 수 있다.

그렇다는 말은?

츠스스스…….

마력을 흘려 넣자 철완이 변이하기 시작했다.

두께가 줄어들고 무게가 사라지는 것이다.

방금까지는 기계 팔을 장착한 느낌이었는데, 이젠 그것이 옅은 문신이 되어 피부 위에 남은 듯한 느낌이었다.

이것이 바로 철견의 진짜 모습.

"우와, 이런 게 된다고?"

내가 입을 쩍 벌리자 철만 아저씨의 얼굴에 뿌듯한 미소가 떠올랐다.

"후후후, 마법 공학은 야수계에서 발달하지 않은 모양이구나."

－인간의 승리로군요!

"아니지. 나의 승리란다."

-아하, 인정.

"……."

해청이랑 죽이 참 잘 맞으시네.

하지만 나도 인정할 수밖에 없었다.

야수계에서는 마법과 기계공학이 제대로 접목되지 못했다.

간단한 이유다.

"공학은 손에서 시작되는 기술이니까요. 그것도 아주 정교한 손 기술. 수인들에게는 태생적으로 불리한 분야일 수밖에 없었습니다."

"그렇겠구나."

물론 영장류 수인들은 손을 가지고 있으나 인간에 비할 바는 아니었다.

그리고 수인 헌터들은 거의 대부분 복잡한 걸 싫어해서.

'장비보다는 힘으로 때려 부수는 편이었지.'

어쨌거나 나의 리액션은 철만 아저씨에게 충분한 만족감을 선사한 듯했다.

"역시 그 할망구보다는 네가 가지는 게 낫겠어."

"저야 감사한데, 나디아가 찾아오면 뭐라고 하시게요?"

"레이황이 훔쳐갔다고 하지, 뭐."

"그러다가 프랑스랑 중국이랑 전쟁 날지도 모릅니다."

"그것도 나쁘지 않구나. 그 빌어먹을 것들은 매운 맛을 좀 봐야 돼."

세븐 스타즈와 무슨 일이 있었던 거지?

"어쨌든 만든 사람 마음이라는 말이다. 이제 벗어 두거라. 완성해 둘 테니까. 주인이 바뀌었으니 고칠 부분도 조금 있겠어."

내가 마력을 회수하자 철견은 원래의 형태로 되돌아갔다.

정말 모처럼 감탄했다.

'지구의 마법 공학 기술자 중에서도 정점에 도달한 아저씨니까 가능한 거겠지.'

그리고 저게 내 장비가 된다니.

정말이지 생각만 해도 입꼬리가 씰룩거리는 일이었다.

'그래, 아예 모든 장비를 이렇게 만들면 안 되나?'

"하나 만드는 데 1년씩 걸린다, 이 녀석아."

"……."

내 눈빛을 읽은 듯한 아저씨의 말에 난 조용히 입을 다물 수밖에 없었다.

최원호와 손철만이 작업실을 정리하고 있던 그때.

"하악, 하악……!"

북동쪽 섬들 중 한 곳에 떨어진 윤희원은 사경을 헤매는 중이었다.

"희원아! 정신 차려!"

등허리에 칼을 맞은 주진환 역시 몸 상태가 좋진 않았으나 그래도 일단 생명에 지장은 없는 상황.

하지만 윤희원은 시시각각 죽어 가고 있었다.

낮은 경지에 비해 상처가 너무 컸다.

"빌어먹을!"

활을 내동댕이친 주진환은 피가 나도록 입술을 짓씹었다.

'내가 너무 방심했어. 그놈들이 블랙일 줄이야……!'

블랙 헌터, 공략이나 채굴이 아니라, 살인이나 강도 등의 범죄만을 노리고 게이트에 들어오는 악질 헌터들.

이곳에 함께 들어왔던 갈가마귀 4인방은 금세 본색을 드러냈다.

주진환의 등에다 칼을 꽂는 것과 함께 윤희원을 무자비하게 두들겨 패면서 가진 것을 전부 내놓으라고 협박하기 시작한 것이다.

하지만 주진환은 SR급 헌터.

블랙 헌터들에게 눈뜨고 당해 줄 만큼 호락호락한 사람이 아니었다.

'감히 나와 희원이를 노려?'

등에 칼을 맞고 잠시 기절한 척하다가 잠시 빈틈이 생긴 순간, 그는 놈들과 거리를 벌리면서 속사포를 쏟아 냈다.

주진환의 콜네임인 '레드써클', 그것은 적이 도망치기 전에 모조리 쏴 맞춰서 생기는 핏물의 웅덩이를 뜻하는 것이었다.

그만큼 주진환은 속사포 하나만큼은 국내 최고라고 자신하는 헌터였고, 단숨에 두 명을 죽이고 다른 두 명을 쫓아 보낼 수 있었다.

하지만 이 과정에서 윤희원이 크게 다치고 말았다.

"젠장."

주진환은 새삼 자신의 활이 원망스러웠다.

'내가 활이 아니라 검을 썼다면……!'

그랬다면 거리를 벌리지 않고 희원의 앞을 막아 주면서 놈들을 완벽하게 처치할 수 있지 않았을까?

궁술을 택한 자신에 대한 원망이기도 했다.

하지만 이대로 포기할 수는 없었다.

남은 두 놈이 다시 쫓아올지도 모른다.

'그럴 수 없어! 희원이를 데리고 어서 출구로 나가야 해!'

유감스럽게도 이 게이트의 출구는 남쪽 끝에 있다.

자신도 성치 않은 상태였지만 주진환은 윤희원을 들쳐 업고 남하하기 시작했다.

가지고 있는 회복 포션을 전부 퍼부으면서 어떻게든 윤희원의 생명줄을 연장시키려 했다.

하지만 포션은 곧 바닥을 드러냈고 윤희원의 상태는 급격하게 나빠지고 있었다.

"오, 오빠, 나 내려 줘요……. 그만 포기해……."

"다 왔어! 조금만 더 견뎌!"

아직 절반도 오지 못했다.

주진환은 그 사실을 스스로에게도 애써 감추며, 한 발짝이라도 더 움직이기 위해서 노력했다.

"난 틀렸다니까……."

"큭!"

순간 온몸에서 힘이 빠져나가는 것을 느끼며 주진환은 털썩 앞으로 고꾸라졌다.

이대로 간다고 해도 남은 두 명의 블랙 헌터가 앞을 막고 있을 가능성이 컸다.

절망으로 머릿속이 시커멓게 변하는 기분이었다.

'정말 희원이를 포기해야 하는 것일까?'

하지만 그때 퍼뜩 떠오른 생각.

"그, 그래! 그 남자! 그 사람한테 도움을 청하자!"

"누구……?"

"게이트에 들어오기 전에 네가 쳐다봤던 남자 말이야!"

"……!"

"아마 지금도 이 게이트에 있겠지? 이름이 뭐야? 그런 경지를 이룬 헌터라면 순식간에 이동하는 능력이 있을지도 몰라!"

하지만 윤희원은 파랗게 질린 입술로 고개를 저었다.

"저도 이름 몰라요. 얼굴만 아는 사람이에요. 그리고 이 넓은 게이트에서 어떻게 사람을 찾는다는 거야……."

하지만 주진환은 자신의 아공간 주머니에서 그 방법을 꺼내 들었다.

"이 스크롤을 쓰면 돼! 초거대 전광판 마법!"

더 위험할 수도 있다.

하지만 이것이 윤희원을 구할 마지막 희망이었다.

"이름 몰라도 괜찮아! 그 사람에 대한 것 아무거나 말해 봐! 어서!"

떨리는 손으로 재촉하는 주진환에게 윤희원은 힘없이 중얼거렸다.

"창덕궁 게이트 공략……."

……뭐?

'아까 그 사람이 창덕궁 좀비 게이트의 공략자란 말이야?'

하지만 깊게 생각할 시간이 없었다.

상념을 접어 둔 주진환의 손이 스크롤을 찢었다.

그가 머릿속으로 떠올린 상념이 마법을 통해 문자로 만들어진 순간.

피유우우우우-!

가시화된 마력의 줄기가 폭죽처럼 상공으로 솟구쳐 올랐다.

그리고 하늘 전체에 커다란 문구들이 와르르 떠올랐다.


[코드 88! 창덕궁 좀비 공략자님!]

[코드 88! 백십자 클랜!]

[코드 88! 창덕궁 좀비 공략자님!]

[코드 88! 백십자 클랜!]

[…….]


SOS를 의미하는 코드 88.

백십자 클랜이 '창덕궁 좀비 공략자님'에게 보내는 긴급 구조 메시지가 거대한 불꽃놀이의 형태로 쏘아 올려진 것이다.

"어어……."

당황한 윤희원의 눈동자가 흔들리기 시작했다. 하늘이 삽시간에 강박적인 메시지로 가득 채워지고 있었으니까.

마치 비매너 플레이어의 채팅으로 도배된 대화 창처럼 보일 정도였다.

윤희원은 흐려지는 의식 속에서 멍하니 생각했다.

'이거 완전 민폐잖아.'

그리고 그 생각은 메시지의 수신자에게도 마찬가지였다.

때마침 손철만과 함께 물 바깥으로 나온 최원호.

"……뭐야, 저게?"

그가 인상을 찌푸리며 하늘을 올려다보고 있었다.


⌄


'누가 봐도 날 찾는 것 같은데.'

대체 어디서 무슨 일이 생긴 걸까?

아저씨와 나는 소형 잠수정을 이용해서 이제 막 뭍으로 올라온 참이었다.

수중에서 C등급 몬스터들 두셋 정도는 어렵지 않게 박살 낼 수 있는 잠수정 또한 아저씨의 작품이었다.

이것 역시 게이트 출구가 있는 섬에 숨겨진 트레일러에 실려 바깥으로 운반될 예정이었다.

우웅-!

아저씨가 스마트폰처럼 생긴 리모컨을 조작하자 잠수정은 자율주행을 하는지 스스로 움직이기 시작했다.

잠수정이 물속으로 스윽 사라진 뒤.

"음? 저게 뭐야? 코드 88? 허허, 어지간히도 급한 모양이군."

뒤늦게 하늘의 메시지를 발견한 철만 아저씨가 손의 물기를 닦아 내며 중얼거렸다.

나 역시 아직 하늘에서 시선을 떼지 못하고 있었다.

아마 이 게이트·안에 있는 대부분의 헌터들이 그럴 거다.

[코드 88! 창덕궁 좀비 공략자님!]
[코드 88! 백십자 클랜!]
[……]

'저렇게 하늘을 도배하고 있으니.'

아무렇지 않게 무시할 수 있으면 그게 더 이상했다.

철만 아저씨는 턱을 긁적이며 나를 돌아보았다.

"백십자 클랜이라면 윤동식 마스터가 지휘하는 의료 전문 클랜 아니냐?"

"……그렇죠."

"10대 클랜은 아니지만 그만큼 막강한 클랜으로 알고 있었는데? 저런 SOS를 보낼 정도라면 상황이 꽤 긴급한 모양이구나."

"……."

"그나저나 '창덕궁 좀비 공략자님'이라? 콜네임이 좀 이상하군."

"크흠."

게이트 안에서 은거하던 아저씨는 창덕궁 게이트 사건을 모르고 계셨다.

'이걸 어떻게 설명한담?'

하지만 내가 뭘 잘못한 것도 아닌데.

'사실만 요약해서 말씀드리면 되겠지.'

하지만 철만 아저씨에게서 돌아온 반응은 다소 뜻밖의 것이었다.

"그래? 네가 창덕궁의 좀비 게이트에서 윤희원이라는 의사 선생을 구해 줬단 말이지?"

너털웃음을 지으며 나에게 눈을 흘기는 것이었다.

"혹시 다른 여자를 만나 볼 생각은 아니었고? 의심스러운데."

"무슨 섭섭한 말씀을!"

맹세컨대 나에겐 영하 누나뿐이다.

내가 발끈하자 아저씨는 피식 웃었다.

"백십자 클랜이라……. 옛날 생각이 나는군. 아무튼 저게 널 찾는 메시지라는 말이지? 허허!"

"그런 셈입니다."

"이제 어떻게 할 생각이냐?"

철만 아저씨는 몹시 흥미롭다는 눈빛으로 내가 어떻게 대처할 것인지 묻고 있었다.

나는 하늘을 수놓고 있는 메시지를 바라보며 잠시 생각에 잠겼다.


[코드 88! 창덕궁 좀비 공략자님!]
[코드 88! 백십자 클랜!]
[……]


그리고 베테랑 헌터로서 가장 알맞은 판단을 내놓았다.

"아무래도 무시하는 게 낫겠죠. 윤희원은 제 아군도 아니고, 정확히 어떤 상황인지 모르겠고……. 어쩌면 불순한 의도를 가진 함정일 가능성도 있습니다."

EX급 게이트로 올라가면 헌터들 사이에 분열과 분란을 조장하는 지능적인 장치들도 등장한다.

'물론 여긴 고작 C등급이지만.'

그래도 게이트 안에서는 최대한 안전 지향적으로 움직여야 한다는 것은 변하지 않는 원칙이라고 할 수 있다.

하지만 철만 아저씨는 희미한 미소를 지으며 나를 바라보았다.

"원호야."

"예, 아저씨."

"너, '종구' 기억나지?"

종구!

영하 누나가 키웠던 강아지의 이름이었다.

내가 그 이름을 어떻게 잊을 수 있을까.

아저씨는 폭죽이 솟아오르는 곳을 향해 발걸음을 옮기며 말했다.

"영하가 종구를 키우겠다고 했을 때, 내가 이런 이야길 했다. 무언가와 인연을 맺으려고 한다면 그 인연을 책임질 각오도 해야 한다고."

인연을 책임질 각오……?

"함부로 남의 인생에 끼어들지 말라는 말씀이시죠?"

"아니, 그보다 더 큰 이야기란다. 스치는 인연을 어떻게

다 통제하겠냐?"

철만 아저씨는 폭죽이 쏘아져 올라오는 방향을 살피며 말했다.

"크든 작든 인연을 무겁게 여기라는 말이야. 그 여자가 헌터로서 그렇게 부족한 사람이었다면, 그때 네가 말 한마디 정도는 해 줄 수 있어야겠지."

"……뭐라고요?"

"엉뚱한 짓거리는 집어치우고, 하던 의사 노릇이나 똑바로 하라고 말이야."

"음, 무례하다고 뺨 맞지 않았을까요?"

"생명의 은인이 진지한 조언을 해 줬는데, 그게 못마땅하다고 뺨을 때리려고 해? 그럼 다시 저승행 급행열차를 태워 줘라. 그게 맞는 거다."

신랄한 말에 나는 피식 웃고 말았다.

아저씨도 빙긋 미소 지었다.

"작은 인연이라도 가볍게 여기지 마라. 항상 진심으로 대해."

"……."

"나도 그런 마음으로 너희 남매를 내 자식처럼 여기면서 키운 거란다. 어쩌다 보니 걷잡을 수 없었던 것도 있지만 말이야."

모처럼 훈계를 들었다.

하지만 왠지 모르게 마음 한구석이 울컥했다.

'이게 아버지의 역할 같은 것이겠지.'

동시에 머릿속으로 생각이 많아지고 있었다.

'인연'이라는 단어를 가만히 곱씹던 나는 두 번째 계획을 꺼내 놓았다.

"그럼 천천히 접근하면서 상황을 살펴보겠습니다. 그리고 도와줄 일이 있으면 도와주고……."

"도와주고?"

"이번에야말로 따끔하게 한마디 해 주죠, 뭐. 요금 정산도 확실하게 하고."

또 겸사겸사 새 장비를 시험해 볼 일이 있으면 해 볼 것이다.

'……이 철견을 써먹어 볼 기회.'

생각보다 빨리 만날 수 있을지도.

"가시죠."

"그래, 가 보자."

우리는 그렇게 결정한 뒤 게이트의 남쪽으로 이동하기 시작했다.

❧

주진환은 활시위를 당기며 생각했다.

'잘못된 선택이었을까?'

피이이잉-!

간절하게 와 주었으면 했던 그 남자는 오지 않았고…….

"씨벌롬이 꼬롬하게 숨어가 대가리 존나 아프게 하네!"

"마! 니도 우리 동생을 둘이나 죽였다 아이가! 하나는 모가지를 따야 계산이 맞지!"

도망쳤던 갈가마귀 클랜원들이 돌아오고 말았다.

'개자식들.'

그나마 주진환이 고지를 점령하고 윤희원을 수풀 사이에다 잘 감추어 두었기에 버티고 있는 중이었다.

하지만 그들 또한 원거리 무기로 무장한 채 주진환을 조여오고 있는 상황.

'12시와 3시 방향.'

주진환은 잔뜩 숨을 죽인 채 블랙 헌터들의 위치를 파악했다.

누구든 머리를 내밀기만 하면 박살을 내줄 생각이었다.

죽을 땐 죽더라도 저승길 길동무는 반드시 데려가겠다는 각오였다.

하지만 바로 그때.

콰아앙!

"크어억!"

강력한 폭발음과 함께 3시 방향에 숨어 있던 블랙 헌터가 비명을 내질렀다.

폭발과 함께 숨어 있던 곳에서 튕겨져 나온 남자는 몸의 절반 이상이 사라져 있었다.

그렇게 한 사람이 순식간에 정리된 것을 확인한 주진환의 눈동자가 커졌다.

'호, 혹시, 그 사람이 온 건가?'

한 줄기 희망을 본 그는 감각을 최대한으로 돋우어 전방을 살피기 시작했다.

그러나 그의 얼굴은 굳어질 수밖에 없었다.

들려오는 목소리들은 남자의 것이 아니었다.

"언니야, 저기도 하나 있는 것 같은데?"

"칙쇼, 무슨 일인가 해서 왔더니……. 마침 딱 잘 걸렸다, 이 까마귀 새끼들! 어디서 남의 나와바리를 넘보는 거야!"

"뭐 하고 있노? 퍼뜩 가서 백십자 클랜원 찾아라. 뭐 묵을 게 있다고 까마귀 새끼들이 설쳐 댔는지 직접 확인해 봐야지."

"하잇, 오네상!"

"히히히!"

……다섯 명의 여헌터들.

순간 주진환의 머릿속에 스치는 것이 있었다.

'빌어먹을. 오화악녀구나!'

스스로는 다섯 꽃의 미녀라는 뜻으로 '오화미녀'라고 부르지만, 세간에서는 '오화악녀'.

한국인 세 명, 일본인 두 명로 이루어진 이들은 부산과 후쿠오카 일대를 무대로 삼아 활동하는 유명한 블랙 헌터들이었다.

전원이 R1급으로 상당한 실력자들이면서도 게이트 공략 대신 무자비한 약탈을 주업으로 하고 있었다.

앞서 주진환과 윤희원에 부상을 입힌 갈가마귀 클랜은, 사실 이 오화악녀의 수법을 따라 하는 카피 캣이나 마찬가지였다.

살쾡이 네 마리 중 둘을 간신히 벗겨 냈더니 이번에는 암호랑이 다섯 마리가 등장한 상황.

여자들은 윤희원의 생체 반응을 탐지했는지 느긋하게 그곳으로 걸어가고 있었다.

주진환은 하나 남은 회복 포션을 움켜쥐며 절망했다.

'빌어먹을. 이젠 다 틀렸어.'

모든 희망을 접고 포기할 수밖에 없는 상황이었다.

'미안하다, 희원아.'

하지만 의외의 목소리가 들려온 것은 바로 그 순간이었다.

펄럭-.

어디선가 소리 없는 돌풍과 함께 나타난 존재감.

"너, 아까 나를 쳐다보던 그 녀석이군?"

눈앞으로 낯익은 남자가 내려앉았다.

콧잔등에 완벽한 익명의 안경을 걸치고, 청회색의 날개를
좌우로 펼친 최원호였다.

"......!"

하늘을 등지고 역광 속에서 나타난 그는 주진환에게 지상
에 강림한 신의 모습처럼 보일 지경이었다.

"제, 제발. 도, 도와⋯⋯."

"조용. 그전에 하나만 묻겠어. 너, 날 어떻게 알고 있지?"

날개를 접으며 내려선 최원호는 주진환을 노려보며 질문
을 던졌고.

　-여기서 뭐라고 설명해야 하지?
　-희원이가 이름은 모른다고 했는데!
　-이 사람이 혹시 나까지 블랙이라고 오해한다면⋯⋯!

"허, 헌터님! 저는!"

"⋯⋯됐어. 충분해."

보름달 여우의 눈을 통해 들어오는 정보로 대략적인 상황
을 알아차렸다.

'같은 헌터들에게 뒤통수를 맞고 위험에 빠진 상황이군.'

지구에서는 흔하디흔한 일이었다.

'아마 블랙 헌터라고 불리는 놈들이었지?'

얼치기 헌터들을 지갑쯤으로 여기거나, 더 심한 것까지 노

리는 쓰레기들은 셀 수 없을 정도로 많았으니까.

최원호는 잠시 뺨을 긁적였다.

'근데 이 남자는 고작 그런 수준의 헌터는 아닌 것 같은데.'

어쩐 일인지 윤희원과 별다를 바 없이 당하고 말았다.

본인의 레벨만 믿고 별일 없을 거라 생각한 건가?

"많이 다쳤네?"

"죄, 죄송합니다. 면목 없습니다."

"나한테 죄송할 것까진 없고."

아주 짧은 순간이지만 주진환의 상태를 확인한 최원호는 장내를 향해서 얇은 마력장을 펼치기 시작했다.

'한 번 더 체크해 보자.'

슬슬 물이 오르기 시작한 마력 탐지 능력을 발휘해 상황을 자세히 살펴보는 것이었다.

'남자 하나, 여자 여섯.'

그중 하나는 윤희원이다.

'따라붙는 다른 날파리는 없는 것 같군.'

송골매의 날개를 펼쳐서 날아오는 동안, 최원호는 주변의 상황을 대강 파악해 둔 뒤였다.

지금 이곳에 준비된 함정은 없다는 결론.

'그렇다면 좀 날뛰어도 되겠어.'

남자가 후방 엄호를 하겠다고 나섰으나 최원호는 거부했다.

그는 체내의 마력을 서서히 끌어내며 생각했다.

'철견을 한계점까지 굴려 봐야지.'

그러기 위해서는 정면으로 부딪치는 것이 최선이었다.

◆

자칭 오화공주의 리더 '이토 토모코'는 무척이나 즐거운 기분을 누리고 있었다.

'그렇잖아도 우리를 따라 하는 것들이 많아져서 키모이(기분 나쁨)했는데! 본때를 보여 줄 수 있게 됐잖아?'

게다가 가외 수입까지.

이거야말로 스바라시(매우 좋음)한 기분이라고 하지 않을 수 없다.

그녀의 그런 기분은 자매들이 쓰러진 윤희원과 갈가마귀의 마지막 클랜원을 찾아냈을 때 최고조에 이르렀다.

"히히! 남자는 찢어 죽이고, 여자는 잘 묶어 놔!"

"그러다 죽을 것 같은데?"

"상관없어! 백십자 클랜에 사진 찍어 보내고 몸값만 받아 챙기면 그만이니까."

한국 클랜 중에서도 부유하기로 소문난 백십자 클랜이다.

'제 클랜원이 납치됐다는데 설마 지갑을 여는 걸 아끼겠어?'

널찍한 바위에 자리를 잡고 걸터앉은 토모코.

"자, 준비됐으면! 코로쓰(죽여라)!"

"끄아악!"

"히히, 바카야로!"

그녀는 칼을 맞고 죽어 가는 남헌터를 보며 즐겁다는 웃었다.

하지만 바로 그 순간.

"……나니(뭐야)?"

온몸의 솜털이 쭈뼛 서는 듯한 감각이 스쳤다.

위험을 직감한 토모코는 황급히 몸을 돌렸다.

그러나 이미 늦었다.

콰직-!

강력한 스트레이트에 직격당하며 머리통이 절반으로 우그러지고 말았으니까.

"컥."

시체를 모욕하던 그녀 자신도 바카야로가 되고 말았다.

"에에? 오네상?"

단숨에 '오화공주'에서 '사화공주'가 된 여자들은 눈을 동그랗게 뜰 수밖에 없었다.

그들은 상대가 접근하는 것조차 깨닫지 못했다.

"뭐, 뭐고? 방금?"

"저 새끼가 토모코를!"

"……."

오직 '추격자 치타의 질주'과 철견이 사용된 덕분이었다.

어떠한 마력 파장도 일으키지 않았으나, 도저히 눈으로 좇을 수 없을 만큼 빠르면서도 위력적인 일격.

철견 돌파는 아직 사용하지도 않았는데 말이다.

"음, 좋네."

짧게 만족감을 드러낸 최원호가 주먹에 묻은 피를 탁 털어내면서 몸을 일으켰다.

"언니야? 설마 죽은 거가?"

"우, 우소(거, 거짓말)……!"

전혀 대비 없이 서 있던 블랙 헌터들은 본능적으로 물러나며 각자의 무기를 들어 올렸다.

그렇지만 그건 아무런 소용도 없었다.

이어서 펼쳐진 것은, 말 그대로 사냥의 현장이라고 할 만한 살풍경이었다.

# 협상하는 뉴비

최원호가 생각하기에 난전의 가장 큰 장점은 이것이었다.

'적을 방패로 삼을 수 있다는 것.'

블랙 헌터들 사이로 뛰어든 그는 가장 가까운 헌터의 목을 움켜잡았다.

그러자 괴상한 비명이 튀어나왔다.

"치, 칙쇼오⋯⋯!"

"⋯⋯칙쇼?"

일본인들이었나?

'뭐, 상관없지.'

세계 클랜 협의회에서도 블랙 헌터들은 공적이나 다름없고.

법적으로 모든 게이트는 국가에 귀속되지 않는 영역으로

다룬다.

일본인이 한국 게이트에서 시체로 변한다고 해서 딱히 특별한 문제가 생기는 것은 아니라는 말이다.

"쵸센징! 놓아라!"

최원호는 그 말과 정반대로 움직였다.

뚜둑.

"컥!"

목을 틀어쥔 손아귀에 더 큰 힘을 주어 경추를 간단히 부러뜨린 뒤.

"다들 뭐 해? 안 들어와?"

할 수 있는 한 가장 영리한 방식으로 전투를 시작했다.

"그럼 내가 가야지."

최원호의 신형이 왼쪽으로 쏘아졌다.

탓!

동시에 전면으로 나온 것은 그의 검이 아닌 인간 방패.

그와 마주한 헌터는 당황할 수밖에 없었다.

"사, 사치코!"

눈을 하얗게 까뒤집은 동료가 적의 방패막이가 되어 다가왔으니까.

지금껏 이런 방식의 전투를 한 번도 경험해 보지 못한 그녀는 반사적으로 물러서고 말았고…….

"……아마추어들이네."

그것이 자신의 패인이 되고 말았다.

"아, 안 돼!"

순간적으로 드러난 작은 빈틈.

"돼."

최원호는 그 찰나를 놓치지 않았다.

[권능 : '처형자 재규어의 발톱'.]

방패로 세운 헌터를 거칠게 내던지는 것과 동시에 강화된 손끝을 깊숙하게 내질렀다.

미끼에 주의를 빼앗긴 상대의 사각지대를 노린 일격.

푸욱!

"흐어어……."

그대로 목을 내준 두 번째 헌터는 맥없이 쓰러지고 말았다.

하지만 최원호는 멈추지 않고 연속 동작으로 움직였다.

'이제 남은 건 둘.'

방금 쓰러뜨린 두 헌터의 멱살을 동시에 움켜잡았다.

그리고 같은 수법을 다시 한번 그대로 사용해 볼 생각이었다.

'자, 너희는 어떻게 할래?'

휙! 휙!

그가 상체를 뒤집는 것과 함께, 블랙 헌터들의 몸뚱이가 또 한 번 던져졌다.

아까와 마찬가지로 아군의 몸이 시야를 방해하며 상황을 교란하는 것이다.

'만약 한 사람이라도 멈칫거리는 반응을 보인다면.'

이번에도 똑같이 달려들어서 목 줄기를 찢어발길 생각이었다.

하지만 남은 헌터들은 교훈을 얻은 듯했다.

"어딜 감히!"

"이 더러운 짐승 같은 놈이!"

앞선 여자의 검에서 뿜어져 나오는 소드 코트.

마력을 씌워 절삭력을 한껏 끌어 올린 칼날이 날아오는 몸 뚱이를 두 조각으로 쪼개 버렸다.

그리고 뒤에서는 격렬한 마력이 터져 나왔다.

"스피닝 블레이드!"

회전하는 마법의 칼날이 또 한 사람을 찢어 버리고 말았다.

털썩, 털썩.

한때 사람의 몸이었던 것들이 흙먼지를 일으키며 나뒹굴었다.

일말의 자비도 없는 공격에 최원호는 혀를 내둘렀다.

"가차 없네. 그래도 아직 숨은 붙어 있었을 텐데 말이야."

"크으윽!"

"젠장……."

남은 헌터들도 그것을 알고 있었는지 어금니를 꽉 깨물고 있었다.

하지만 애써 눈빛을 다잡았다.

상대의 심리전에 휘말리지 않겠다는 기색이 엿보였다.

'남은 둘은 그나마 낫네.'

최원호는 거리를 살짝 벌리며 생각했다.

'잠깐. 완성된 소드 코트를 쓸 정도라면 50레벨을 넘었다는 말이겠지? 마법도 위력이 제법이고.'

그렇다면 오히려 잘된 일이다.

앞서 두 사람은 철견을 제대로 쓸 필요도 없었다.

하지만 이들이라면 다를 것이다.

철견의 성능을 조금 더 끌어낼 수 있을 듯했다.

'바라던 바야.'

최원호는 내심 미소를 지으며 새로운 아티팩트에 귀속된 첫 번째 스킬을 활성화했다.


[스킬 : '철견 돌파'.]

[정보 : 연속해서 적을 타격할 때마다 다음 타격의 대미지가 증가됩니다. 총 3회 누적 가능합니다.]


연속 공격에 의한 대미지 누적 스킬이구나.

"……좋지."

입가에 미소가 스치고 어깨를 살짝 비트는 것과 함께 전투의 경로가 차곡차곡 그려졌다.

그리고 다음 순간.

최원호는 발끝으로 땅을 박차며 돌진했다.

"허허, 44년을 야수로 살았다더니…….."

쌍안경을 이용해 최원호의 전투를 지켜보던 손철만은 그 뒷말을 꾹 눌러 삼켰다.

'……오히려 그 이상인 것 같은데.'

전투에서 손을 뗀 지는 꽤 오래되었지만 그는 여전히 강자의 존재감을 판독할 수 있는 헌터였다.

그러므로 단언할 수 있었다.

지금의 최원호가 SR급 헌터들도 가지고 놀 수 있을 만큼 강하다는 사실을.

'현재 레벨이 40이라고 했지?'

솔직히 믿기 어려웠다.

'저 무위를 어떻게 고작 40레벨의 것이라고 볼 수 있을까.'

철견으로 강화된 주먹이 소드 코트와 맞부딪치며 굉음을 일으켰다.

콰앙!

"……!"

그 폭음은 뭔가 달랐다.

'그래, 이제 철견 돌파를 쓰는구나.'

무자비한 전략으로 두 사람을 먼저 압살한 최원호는 본격적으로 철견의 추가 기능을 활용하기 시작한 듯했다.

손철만은 자신의 최신작이 어떻게 활용될지 내심 기대하고 있었다.

철견 돌파는 연속해서 공격을 퍼부을 때마다 다음 차례의 대미지가 쌓이며 위력적인 파괴력을 쏟아 내는 스킬이었다.

'3번을 때린 뒤, 다음 타격에서 폭발적인 대미지를 꽂아 넣을 수 있도록 설계했지.'

이 스킬을 가장 정석적으로 사용하려고 한다면?

'적당한 견제 타격으로 세 번을 채우고 네 번째의 일격을 정확히 집어넣으려고 노력해야 할 거야.'

하지만.

콰아앙-!

최원호는 적당히 타격을 채울 생각은 안중에도 없는 듯했다.

오로지 일직선으로 돌진하며 묵직한 스트레이트를 꽂아 넣고 있었다.

그러나 연속 타격에 대해 전혀 의식이 없는 것은 아니었다.

'방어하게 되면 대미지 누적 효과가 깨진다.'

이러한 사실을 정확히 알고 있었으므로, 예리하게 돌아 들어오는 검격을 막지 않고 슬쩍 물러서면서 회피했다.

마치 칼날을 억지로 피하는 것처럼.

"……!"

그런 최원호의 모습에 두 여자는 약점을 잡았다고 생각한 듯했다.

급히 시작된 합격술은 상대의 방어를 뚫고 들어가겠다는 의도가 명백한 것이었다.

"멀티플 실드!"

우선 다중 레이어로 구성된 마법 방패를 불러내서 전위의 급소를 방어하는 것과 함께.

"킨조쿠노오오카미(금속의 늑대)!"

검의 속도를 극단적으로 끌어 올리는 스킬을 사용했다.

분명 속도전을 벌이겠다는 계산이었다.

그리고 그 작전은 언뜻 먹혀 들어가는 것처럼 보였다.

핏!

몸을 회전시키면서 뒤로 물러서던 최원호의 턱 끝에 칼날이 스치며 붉은 핏물이 튄 것이다.

"됐어!"

자신감을 얻은 여자들의 눈동자에 뒤늦은 감정이 차올랐다.

"이 더러운 자식!"

"어서 죽어 버려!"

벌써 셋이나 되는 동료들을 잃은 것에 대한 분노와 앙갚음을 할 수 있다는 희열의 감정이었다.

하지만 그도 잠시.

'흐음, 공격을 공격으로 받아치는 것도 스택에 들어갈 텐데?'

상황을 지켜보던 손철만이 생각을 떠올린 순간.

콰아아앙!

세 번째 타격이 터졌다.

그가 생각한 것처럼 칼날을 주먹으로 받아친 최원호가 마지막 공격 스택을 쌓는 것에 성공한 것이다.

아티팩트의 명장은 마른침을 꿀꺽 삼켰다.

'……이제 준비됐어.'

다음 공격은 지금까지 철견에 누적된 폭발적인 대미지를 터트릴 수 있는 기회였다.

손철만은 기대감 속에서 쌍안경 안의 상황을 주시했다.

'자, 어떻게 써먹을 거냐, 원호야?'

검을 든 여자가 앞을 막고, 뒤의 여자는 방어 마법으로 뒤를 받치고 있는 상황.

과연 최원호의 선택은 무엇일까?

'정석은 당연히 전위부터 터트리고 후위를 박살 내는 건데.'

하지만 바로 그 순간.

"……!"

생각을 멈춘 손철만은 쌍안경에서 눈을 떼며 입을 쩍 벌리고 말았다.

내내 예상하고 있던 폭격음은 없었다.

파삭.

대신 당황스러울 만큼 짧고 간결한 파열음뿐이었다.

'이게 어떻게 된 거지?'

공격을 매듭지은 최원호는 주먹이 아니라 손가락을 내밀고 있었고…….

"허억."

"컥."

앞뒤로 서서 전위와 후위를 나누고 있던 블랙 헌터들은 한꺼번에 고꾸라지고 있었다.

무언가에 머리를 관통당한 것처럼 말이다.

손철만의 머릿속이 복잡해졌다.

'철견 돌파에 의해 위력이 응집된 건 확실한데.'

무슨 기술을 더한 거지?

손끝으로 총을 쏘기라도 했나?

"……."

여러 겹으로 펼쳐져 있던 마법 방어막조차도 무용지물로 꿰뚫리고 말았다.

"도대체 뭐가 어떻게 된 거야? 직접 봐도 알 수가 없구먼."

혼자서 중얼거리던 손철만은 서둘러 몸을 일으켰다.

'얼른 가 보자.'

당장 해답을 듣지 않고는 도저히 배겨 낼 수가 없는 궁금 증이었다.

"후우우우……."

나는 아티팩트에서 마력을 회수하고 어깨에서 떼어냈다.

'이거, 너무 몰아붙였나?'

철견은 마력이 집중되면서 과열된 탓에 뜨끈뜨끈하게 데 워진 상태였다.

하지만 충분히 만족스러웠다.

귀속 스킬을 이용한 공격은 내가 예상한 것 이상의 파괴력 을 보여 주었으니까.

아티팩트를 만든 철만 아저씨조차도 놀랄 정도였다.

"방금 어떻게 한 것이냐? 다른 기술이 섞인 거지? 야수의 권능을 중첩시킨 건가?"

전투가 끝나자마자 헐레벌떡 달려와서 질문 세례를 퍼붓 고 있었다.

나는 빙긋 웃으며 고개를 끄덕였다.

"그게 그렇게 궁금하셨어요?"

"이 녀석아, 입장 바꿔 놓고 생각해 봐라. 갑자기 그런 기술을 보면 누구라도 놀라지."

하긴 그렇겠네.

그것은 새로운 권능과 철견 돌파의 조합이었다.


〈저격수 물총고기의 혀〉

[권능] 마나 또는 퓨리 에너지를 응축하여 발사체를 형성하고 직접 투사할 수 있다.


일종의 마력 탄환을 만들어서 쏘아 보내는 권능이었다.

'손끝에 집중되는 에너지 중첩이 워낙 강해서, 어지간한 장갑은 다 터져 나가는 권능인데…….'

철견은 그것을 버티는 것은 물론이고, 대미지를 중첩하는 기능까지 사용하게 해 주었다.

'역시 철만 아저씨구나.'

4년 사이에 더 실력이 좋아지신 것 같기도 하다. 아직 젊으시니 더 대단한 아티팩트를 만드실 수도 있을 테고.

'그럼 어떤 미친 장비가 만들어진다는 거야?'

내가 그렇게 감탄을 하고 있던 그때.

"허, 헌터님?"

"음?"

돌아보니 아까의 남자가 어안이 벙벙한 표정으로 우리에게 다가오고 있었다.

그는 내가 무슨 괴물이라도 되는 것처럼 두려움에 찬 눈빛을 보내오고 있었다.

"세, 세상에. 그 오화악녀를 이렇게 순식간에……!"

"오화악녀?"

"음, 들어 본 적 있다."

철만 아저씨가 고개를 끄덕였다.

"부산과 후쿠오카 일대에서 유명한 블랙 헌터들이라고 하던데. 등급은 R1급 정도로 알려져 있고."

"그래요?"

"뭐, 이젠 몰라도 되겠지만 말이야."

그 사이, 남자는 황급히 수풀 너머로 뛰어들었다.

"희, 희원아!"

감춰 두었던 윤희원을 들쳐 업고 나온 것이다.

하지만 여자는 이미 축 늘어져 있었다.

상태를 본 나는 속으로 혀를 찼다.

'힘들겠는데? 생체 반응이 거의 다 사라졌어.'

지금 상태로 보자면 윤희원은 내가 오기 전에 벌써 혼수상태에 가까웠던 것 같다.

남자의 표정에 절망이 서렸다.

"윤희원! 정신 차려!"

그는 떨리는 손으로 여의사의 뺨을 치며 울부짖었다.

하지만 뺨을 친다고 해서 깨어날 수 있는 상태가 아니었다.

윤희원은 죽어 가고 있었다.

남자가 그녀의 입안으로 조심스레 포션을 흘려 넣기 시작했지만 그것도 무의미했다.

'내출혈이 너무 심해.'

이건 포션으로 될 일이 아니며, 즉시 수술하지 않으면 죽을 거라는 뜻이었다.

'그래도 포기할 수 없다는 거겠지.'

그리고 남자 역시 알만큼은 알고 있는 듯했다.

"허, 헌터님!"

절박한 눈빛이 나에게 돌아온 것이다.

"저는 백십자 클랜의 정찰대장을 맡고 있는 주진환이라고 합니다! 나중에 열 배! 아니, 백 배로 갚아 드릴 테니 제발 도와주십시오!"

주진환.

물어보지도 않았는데, 헌터가 콜네임이 아닌 이름까지 밝혔다는 것은 정말로 절박하다는 뜻이었다.

"하, 한 번만 더!"

"……?"

"아까 그 날개를 펼쳐서 희원이를 출구로 옮겨 주시면 안 되겠습니까? 게이트 바깥으로 나가기만 하면 희망이 있습니다!"

"그건…….."

나는 고개를 가로저었다.

"미안하지만 내 날개가 버티질 못해. 에너지도 부족하고."

사실이다.

송골매의 날개가 아직 완벽한 상태가 아닐뿐더러.

앞선 전투에서 상당한 에너지를 소비했기에 지금 나는 혼자서도 게이트 출구까지 날아갈 수 없는 상황이었다.

윤희원을 옮겨 주기란 불가능한 일이었다.

"그, 그래도! 한 번만!"

납작 엎드린 주진환이 나에게 간청했다.

"제발 한 번만! 이렇게 부탁드리겠습니다!"

"……절박한 건 알겠지만 안 되는 건 안 되는 거야. 주진환 헌터."

그러자 참혹한 표정으로 고개를 떨어뜨리는 남자.

나 역시 입맛이 좋지 않았다.

'쯧, 좀비 게이트에서 만났을 때 좀 더 강하게 말해 줬어야 했나?'

짧게나마 안면을 익혔던 사람이 서서히 죽어 가는 모습을 보고 있는 것.

단순히 씁쓸하다고 표현하기조차 어려운 감정을 자아내는 일이었다.

안타까웠다.

'크든 작든 인연을 무겁게 여기라고 하셨지.'

아까 아저씨와 나누었던 이야기가 아주 조금은 이해될 것 같은 느낌이었다.

그런데 철만 아저씨가 끼어든 것은 바로 그때였다.

"내가 도와드리지."

"……예?"

아니, 아까는 인연을 무겁게 여기라면서요?

'무슨 책임질 각오까지 하라시더니?'

갑자기 나서서 도우시겠단다.

나는 당황했으나 그의 눈빛이 어쩐 일인지 무서울 정도로 번쩍이고 있어서 뭐라 말할 수가 없었다.

그때 철만 아저씨는 특히 윤희원의 팔목에 채워진 팔찌를 유심히 살피더니 이렇게 묻는 것이었다.

"이 아가씨, 윤동식 마스터의 따님이지?"

"……?"

'윤희원이 백십자 클랜 마스터의 딸?'

나도 전혀 몰랐던 사실이다.

그래서일까?

철만 아저씨의 눈동자는 '살려야 한다'를 맹렬하게 외치고 있었다.

⌄

철만 아저씨가 자연스럽게 끼어들자 주진환은 멍하니 눈

을 깜빡거렸다.

"저, 죄송하지만 선생님은 누구십니까?"

"난 손철만이라고 하는 사람이네."

"손철만……? 서, 설마!"

그 추측이 맞다는 듯 고개를 끄덕이는 철만 아저씨.

주진환은 사막 한복판에서 하느님을 만난 표정이 되었다.

"마이스터 손! 마이스터님이시군요! 아아!"

당장 주기도문이라도 외울 것 같은 목소리다.

"저희 마스터께 말씀 많이 들었습니다! 마이스터님께 신세를 많이 지셨다고 하셨거든요!"

"그래, 저 아가씨가 차고 있는 팔찌, 내가 윤동식 마스터에게 만들어 주었던 물건이야. 그의 가족이 아니면 착용 자체가 불가능하도록 보안 기능이 걸려 있지."

윤희원을 바라보는 철만 아저씨의 눈빛이 깊어졌다.

"똑같이 딸 키우는 입장이라서 이런저런 이야기를 많이 나눴는데……. 그 딸을 여기서 이렇게 만날 줄이야. 세상 참 오래 살고 볼 일이군."

이야기를 들은 나는 가만히 고개를 끄덕였다.

'그래서 윤동식 마스터의 딸이라는 걸 알아보셨구나.'

우연하고도 공교로운 만남이다.

"아무튼 잡설은 그만두고. 어쩔 텐가?"

철만 아저씨는 주진환을 향해 어깨를 으쓱였다.

"반드시 살려 낼 수 있다고 내가 호언장담은 못하겠지만. 그래도 맡겨 보겠나?"

주진환은 목이 부서져라 고개를 끄덕였다.

"예! 제발 부탁드립니다!"

"그래, 노력해 보자고."

철만 아저씨는 다시 품에서 리모컨을 꺼내더니 이리저리 조작하기 시작했다.

아까 그 잠수정이라도 다시 부르시려는 걸까?

"어쩌시게요?"

"빨리 바깥으로 옮겨 주면 응급처치를 받고 살아날 확률이 있는 것 아니냐?"

"그렇긴 한데……. 방법이 있을까요?"

"저길 봐라."

"……?"

바로 그 순간.

두두두두두ㅡ!

"으음?"

엔진이 묵직하게 쿵쿵거리는 소음이 들려왔다.

고개를 돌려 보니 저 북쪽으로부터 뭔가가 비행하며 이쪽으로 달려오고 있었다.

이윽고 나타난 것은.

'……하늘을 나는 오토바이?'

갑자기 뭔데? 저거?

"아저씨, 여기서 에어바이크를 만드셨어요?"

그러자 철만 아저씨는 조용히 웃었다.

"내가 영국의 그 소설을 참 좋아하거든. 너 알지?"

"아, 해리 포……?"

"쑥스럽구먼. 허허!"

아니, 이 아저씨가 진짜……!

"저런 게 있었으면 아까 쓰게 해 주시지!"

하지만 뒤늦은 등장에는 나름의 이유가 있었다.

"저게 마력석을 무지하게 퍼먹어. 내가 만들었지만 연비가
아주 참혹하단 말이다. 만들 땐 그게 로망이었지만 말이야."

그냥 할리 데이비슨을 가지고 싶으셨던 건가.

어쨌거나 마력석을 퍼먹는다는 것은 그만큼 힘이 좋다는
뜻이기도 했다.

"사람 하나쯤은 수월하게 옮길 수 있을 거다. 마력 엔진이
식으면 아공간에 보관하면 되고."

에어바이크가 지면으로 내려앉도록 조종한 아저씨.

그러더니 그는 나에게 슬쩍 이렇게 귀띔하는 것이었다.

"원호야, 오토바이를 타고 나간 다음이 중요해. 무슨 말인
지 알겠냐?"

"……예?"

전혀 모르겠습니다만.

"하, 이 녀석. 눈치가 이래서야……."

주진환이 축 늘어진 윤희원을 바이크 뒷자리에 싣는 사이.

"모르겠냐? 이게 '인연'이라는 거다."

철만 아저씨는 나에게 간결하게 설명했다.

"윤동식 마스터와 백십자 클랜, 그들을 무조건 우리 편으로 만들 수 있는 기회 아니냐?"

"……!"

"이보다 완벽할 수는 없지. 윤동식 마스터는 은원을 허투루 여길 사람이 아니거든."

그런 뜻이었구나.

"거기까지 보셨습니까?"

"특별한 혜안이 있는 건 아니야. 그저 같은 아버지 입장으로, 윤동식 마스터가 얼마나 고마워할지 알고 있는 거지."

철만 아저씨는 나에게 오토바이 키를 던져 주며 강조했다.

"반드시 살려. 그리고 확실하게 보여 주는 거다. 알겠냐?"

윤희원의 목숨을 구해 주고 그것을 최대한 활용해라…….

나는 고개를 끄덕였다.

"알겠습니다."

부우우우웅―!

에어바이크는 요란하게 달렸다.

안타깝게도 그리 높게 날 수는 없었다.

나와 윤희원 두 사람이 타면서 무게가 늘어난 탓도 있었지만.

기본적으로 저공비행을 하도록 설계된 물건인 탓이었다.

벌써 이쪽으로 손가락질을 하는 몇몇 헌터들이 보였다.

좋은 징조는 아니다.

'지상에서도 잘 보인단 말이지. 그렇다면 어그로가 끌려서 발목을 잡힐 수도 있어.'

새로운 블랙 헌터들이나 거인족들이 따라붙을 수도 있다.

'……미리 커버해 둬야겠군.'

이런 식으로 말이다.


[권능 : '은둔자 오색조의 깃털'.]

[안내 : 현재 경지가 부족하여 권능을 온전히 사용할 수 없습니다.]


권능이 발동되자 빛이 아스라이 산란하며 근처를 장악했다.

일전에 사용했던 '겁쟁이 카멜레온의 위장술'이 주변 환경에 동화되어 고정 상태로 모습을 감추는 권능이었다면.

'은둔자 오색조의 깃털은 광학 위장술이지.'

옵티컬 카무플라주.

나와 해청이 처음 만났던 그때처럼 빛을 이용하여 모습을 완전히 감출 수 있었던 것이다.

권능이 전개되자 지상에서 쏟아지던 시선들이 갈 곳을 잃고 흩어지는 것이 보였다.

'아마 지상에서는 에이바이크가 연기처럼 사라진 것처럼 보이겠지.'

해청은 아련한 목소리였다.

―주인과의 첫 만남이 생각나네. 마나에 맹세하라고 어찌나 협박을 하던지…….

"그땐 네가 이런 강아지인 줄 몰랐거든."

―가, 강아지라니! 나처럼 사나운 맹수에게!

"귀여운 녀석."

안타깝게도 수혼검에 깃든 녀석은 본신의 마법을 전부 잃어버린 상태였다.

하지만 언젠가는 되찾게 될 것이다.

'수혼검의 최종 형태에 도달한다면 말이지.'

그사이, 게이트 출구가 저 멀리 보이고 있었다.

―다 왔네!

부아아아앙―!

스로틀을 힘껏 당기자 에어바이크의 엔진에서 굉음이 터져 나왔다.

마침 은둔자 오색조의 깃털이 슬슬 끝나가고 있었다.

'이제 안경을 써야겠군.'

그와 동시에 떠오르는 시스템 메시지.

[알림 : C등급 게이트 '용암 거인의 섬'에서 퇴장합니다.]
[안내 : 어지러움에 주의하십시오.]

전속력으로 출구를 통과하는 것과 함께 땅 밑이 훅 꺼지는 듯한 현기증이 덮쳤다.

하지만 나는 동요하지 않았다.

오히려 힘껏 브레이크를 당겨 잡으며 에어바이크의 몸체를 넘어질듯이 기울였다.

끼이익-!

섬광 같은 빛이 터져 나오는 것과 함께 바이크가 멈추며 스키딩 마크가 새겨졌다.

마침내 게이트를 빠져나온 그 순간.

나는 윤희원을 품에 안으며 소리쳤다.

"응급 상황입니다! 구급차 불러 주세요!"

◈

"……뭐? 뭐라고?"

SSR급 7위의 헌터이며, 한국 최고의 서포터인 윤동식.

여의도 집무실에서 보고를 받은 그는 몸을 벌떡 일으킬 수밖에 없었다.

"희, 희원이가 다쳤다고? 그것도 심하게 다쳤다니? 얼마나? 어떻게!"

"그게……."

"마스터, 놀라셨겠지만 조금만 진정하시고……."

"지금 내가 진정하게 생겼나!"

항상 냉철함을 유지하는 마스터의 모습만 보아 왔던 비서들이야말로 크게 당황할 수박에 없었다.

하지만 윤동식은 아랑곳하지 않았다.

"이 녀석들이! 당장 제대로 설명하지 못해! 희원이가 다쳤다는데 나한테 적당히 설명하고 말 생각이냐? 너흰 내가 누구라고 생각하는 것이냐!"

윤동식은 마력 의학 분야에서 세계적인 명성을 가진 메디컬 클랜의 수장.

의사인 동시에 최고위 랭커로서 활동하는 입지전적인 인물이기도 했다.

"죄송합니다, 마스터."

비서들이 설명을 시작했다.

"현장 보고에 의하면 희원 양은 네 군데의 관통상와 다발적인 압박 손상으로 인한 출혈성 쇼크를 일으킨 것으로 추측되며, 코마 상태에서 응급실로 옮겨져……."

그리고 그 설명이 끝났을 때.

"……죽을 뻔했지만 간신히 목숨은 건졌다는 거군."

"그렇습니다."

윤동식은 안도의 한숨을 토해 냈다.

그 순간, 진짜 분노가 터져 나왔다.

"주진환! 이 자식은 대체 뭘 한 거야!"

콰직!

과격한 주먹질에 두꺼운 원목 책상이 두 쪽으로 갈라지고 말았다.

"애를 보호하라고 붙여 놨더니 C등급 게이트에서 그렇게 다칠 때까지 뭐? 무능력한 놈 같으니라고! 믿었던 내가 바보 천치였구나! 이 자식을 당장!"

하지만 비서들이 주진환 역시 크게 다쳐서 후송되었다는 소식을 전하자 윤동식은 할 말을 잃고 말았다.

"지, 진환이도 중상을 입었다고? SR급 30위권의 랭커가? 고작 C등급 게이트에서?"

"저희도 놀랐습니다만 그렇다고 합니다."

"아니, 대체 무슨 일이 있었길래?"

"아직 정확하게는 파악되지 않았습니다만, 블랙 헌터들의 습격이 있었던 것 같습니다. 부산과 후쿠오카에서 활동하는 오화악녀의 이름도 나왔고요."

"오화악녀……!"

그건 윤동식도 들어 본 적 있는 이름이었다.

블랙 헌터들 중에서도 SR급에 근접했다고 알려진 골칫거리들이었다.

"다섯 명이었다면 진환이도 당해 낼 도리가 없었겠군."

"예, 그러던 중에 주진환 헌터가 기지를 발휘해서 어떤 헌터에게 코드 88을 보냈고, 다행히도 그 헌터가 오화악녀를 처치해 주고 희원 양을 게이트 바깥으로 옮겨 주었다는 것 같습니다. 조금만 더 늦었다면 희원 양의 생명을 건지지 못했을 거라고 합니다."

"……."

비서들의 보고는 아주 정확한 사실은 아니었다.

하지만 당시 상황의 긴박함을 전하기에는 충분했고, 윤동식의 관심은 자연스럽게 옮겨 갔다.

"그 헌터는 누군가? 누가 내 딸을 살려 준 거지?"

마스터의 질문에 비서들은 조용히 태블릿 PC를 내밀었다.

그 액정 화면에는 사진 한 장이 띄워져 있었다.

"음? 이건?"

"달맞이 고개에 상주하고 있던 기자들 중 하나가 저희 측으로 보내 온 사진입니다. 희원 양의 탈출 순간을 찍었다고 합니다."

"……!"

에어바이크를 탄 남자.

그리고 그 팔에 안긴 채 죽은 듯이 눈을 감고 있는 윤희원.

"이 청년이……?"

윤동식은 눈을 크게 뜨며 사진을 살펴보았다.

게이트에서 막 달려 나온 남자는 콜네임만으로 활동하는 헌터들이 으레 그렇듯이 얼굴을 바꾸어 주는 안경 아티팩트를 착용하고 있었다.

하지만 그의 긴박한 표정은 분명하게 드러나고 있었다.

윤희원의 부상을 알리고 당장 구급차를 불러 달라는 외침이 여기까지 들려오는 듯했다.

윤동식은 가슴속에서 울컥하는 감정을 느끼며 고개를 들었다.

"이 헌터의 콜네임은 뭐라던가? 밝혔나?"

"아뇨, 밝히지 않았습니다. 다만 정체를 완전히 감출 생각은 없는지 희원 양과 주진환 헌터를 공격한 블랙 헌터들에 대해서 브리핑을 할 예정이라고 합니다."

"오, 그래? 그럼 아직 부산에 있다는 이야기지?"

"그렇습니다."

"다행이군."

윤동식은 부서진 책상의 잔해들 사이에서 지갑과 전화를 챙겨 들었다.

"내가 당장 가지. 현장의 통제관들 통해서 백십자의 윤동식이 꼭 만나고 싶어 한다고 전해 주고! 어서 서울역으로 갈 준비해!"

하지만 그는 이내 생각을 바꿀 수밖에 없었다.

"저, 마스터? 그 사진에 찍힌 바이크 말입니다."

"바이크? 오토바이? 이게 왜?"

"그게……."

"뭔데 그래?"

"아무래도 마이스터 손의 작품인 것 같습니다. 주진환 헌 터가 마이스터를 직접 만났다는 이야기도 했습니다. 그 헌터 와 아주 친밀한 관계라는 말도 나왔고요."

"……!"

갑자기 손철만의 존재까지 튀어나왔다.

윤동식의 눈동자가 다시 한번 흔들렸다.

"마, 마이스터 손? 그 게이트에 은둔하고 있다던 손 선생 말인가?"

"예."

다시 화면으로 시선을 옮긴 윤동식은 곧 사진 속에서 단서 하나를 찾아낼 수 있었다.

'여기 이 연료 통에 새겨진 서명! 이건 진짜 손 선생의 낙 인이야!'

그러니 백십자의 마스터는 지시를 바꿀 수밖에 없었다.

"서울역이 아니라 김포공항으로 간다. 전세기 섭외해! 지 금 당장!"

부산 해운대 신시가지.

윤희원이 백십자 클랜의 윤동식 마스터의 딸이라는 사실이 밝혀지고 병원으로 긴급 후송된 뒤.

게이트 통제관들은 현장과 가장 가까운 학교 운동장을 섭외하여 브리핑 장소를 만들었다.

책상을 두고 앉은 나는 기자들의 뜨거운 눈총을 받는 중이었다.

좀 부담스러울 정도로.

'이번 게이트에서는 철만 아저씨만 찾아서 조용히 나올 생각이었는데…….'

본의 아니게 또 브리핑을 하게 됐다.

그리고 이번 현장은 또 다른 의미로 시선을 모으고 있었다.

"이봐, 정 기자. 오토바이에 새겨진 저 낙인 말이야."

"예, 저도 봤습니다. 아무래도 마이스터 손의 사인인 것 같습니다."

"놀랍군. 그럼 저 사람은 마이스터가 어디 숨어 있는지 알고 있다는 건가?"

마력 엔진을 식히느라 옆에 세워 둔 에어바이크의 정체가 서서히 알려지고 있는 듯했다.

철만 아저씨의 존재감과 윤희원의 배경이 합쳐지며 뭐라

형용할 수 없는 집중력을 만드는 중이었다.

'덕분에 이번 브리핑은 피곤하겠어.'

나는 한숨을 내쉬며 입을 열었다.

"브리핑 시작하겠습니다. 먼저 사건 개요를 간단히 말씀드리고 질의응답을 받는 식으로 하겠습니다."

사실 사건 개요랄 것은 별로 없다.

블랙 헌터들에게 공격당한 주진환과 윤희원이 SOS 메시지를 쏘아 올렸기에 발견하고 도와주었으며.

그 과정에서 '오화악녀'라고 하는 다섯 명의 여헌터와 신원미상의 남헌터 두 명이 사살되었다.

"……그리고 윤희원 씨를 데리고 게이트를 빠져나왔습니다. 이상입니다."

그렇게 이야기를 마치자, 기자들이 벌떼처럼 일어나며 손을 들었다.

나도 잠시 멈칫할 만큼 뜨거운 열기였다.

'그래도 어차피 질문 내용은 고만고만하겠지.'

가장 빨랐던 사람부터.

"거기, 키 크시고 안경 쓰신 기자님."

"마이 히어로의 이종서 기자입니다! 저 오토바이가 윤희원 양을 데리고 나오실 때 사용한 것 맞습니까?"

"맞습니다."

"그런데 게이트 안에 있던 헌터들은 순간적으로 모습이 사라지는 것을 봤다던데요! 바이크에 대해 자세한 소개 부탁드립니다!"

'……벌써 헌터들까지 취재해서 왔어?'

나는 새삼 기자들의 기민함에 속으로 혀를 내둘렀다.

'그리고 자세한 소개를 해 달라?'

이건 철만 아저씨의 작품이라는 점을 확인받고 싶다는 이야기인 것 같은데.

미안하지만 그건 쉽게 확인해 줄 수 없었다.

원래 정보라는 것은 줄 듯 말 듯 해야 값어치가 커지는 법이니까.

"마력석을 사용해서 움직이는 에어바이크입니다. 모습이 사라진 건 광학 위장을 사용했기 때문입니다. 그밖에 달리 드릴 말씀은 없군요. 노코멘트 하겠습니다."

그러자 기자 하나가 질문 기회도 얻지 않고 벌떡 일어나더니 소리쳤다.

"좀 더 말씀해 주시죠! 그거 마이스터 손의 작품 아닙니까?"

"……."

분명 총대를 메고 달려든 것이다.

다른 기자들의 눈이 반짝거리는 것이 그 증거였다.

'그래, 이런 녀석도 하나 나와 줘야지.'

그리고 누가 이 현장의 지배자인지 보여 줄 필요도 있다.

"흠."

안경을 살짝 고쳐 쓴 나는 눈을 부라리고 있는 기자를 향해 힘을 끌어 올렸다.


　[권능 : '젊은 산군의 기세'.]
　[정보 : 적대적인 상대에게 무형의 압박감을 주어 기선을 제압할 수 있습니다.]


현재 권능의 활성도는 20% 정도.
"말씀하시는 기자님께선 성함이 어떻게 되시죠?"
"더 게이트의 유원상입니다."
"유원상 기자님."
"예."
"죄송하지만 나가 주시죠."
"……!"
아무래도 이 기자는 마력 각성자인 것 같다.
산군의 기세가 2할 정도까지 전개되었는데도 이를 악물며 버티는 걸로 봐서는…….
'N등급 정도는 되겠네.'
그럼 3할까지 올려 주면 그만이지.
쿠웅.
"크흡!"
보이지 않는 기세가 내리꽂히자 기자의 표정이 일그러졌다.

하지만 나는 아무런 티도 내지 않았다.

"제가 발언 기회를 드리면 질문해 주시기 바랍니다. 안 그러면 브리핑 현장이 엉망이 되잖습니까? 다른 기자님들한테 피해 입히지 마시고 나가 주십시오."

"제, 젠장."

젊은 기자는 두어 차례 자신의 마력을 일으켜서 나에게 대항하려고 했지만.

결국에는 헛구역질을 하며 브리핑 현장을 떠날 수밖에 없었다.

'내가 마력을 사용한 건 아니니까 항의하기도 좀 그럴 테고.'

무엇보다 딱 한 사람에게 힘을 집중시켜서 쏟아부었기에 다른 기자들은 무슨 일이 벌어졌는지도 모르고 멀뚱거리고 있었다.

"뭐야? 왜 저래?"

"유 기자답지 않은데?"

그저 기 싸움에서 눌린 바람에 나갔겠거니 하는 눈치들.

그것만으로도 충분했다.

시작과 동시에 과열되었던 분위기가 살짝 가라앉고, 브리핑 주제도 다른 방향으로 흐르기 시작한 것이다.

"데일리 게이트의 김선중 기자입니다. 윤희원 씨를 발견하셨던 당시 상황에 대해 말씀⋯⋯."

"저는 헌터 포커스의 박지윤입니다! 오화악녀와 다대일로 전투하셨을 텐데 어떻게 승기를 잡으셨는지…….”

“말씀드리겠습니다.”

나는 적당한 수위에서 정보를 제한하며 이야기해 주었다.

블랙 헌터들을 압살한 과정이 좀 잔혹했기 때문에 수위를 조금 낮춰서 설명하기도 했다.

하지만 곧 피할 수 없는 문제와 마주하게 되었다.

“안녕하십니까. 저는 오늘의 공략 소속 기자인 ‘석형우’라고 합니다.”

나만큼이나 키가 크고 우락부락한 근육질을 자랑하는 남자.

‘석형우…….’

나도 알고 있는 이름이었다.

‘기억나. 4년 전에도 게이트 내부 취재를 전문으로 하는 헌터 출신 기자였어.’

지금도 마찬가지인 듯했다.

그는 나를 향해 딱정벌레 같은 눈동자를 번쩍이며 말했다.

“우선, 저는 그 코드 88이 하늘에 떴을 때 게이트 안에 있었다는 점부터 말씀드리고 질문하겠습니다.”

‘……역시.’

내 기억이 정확하다면 석형우는 거대 클랜이 중요한 레이드를 벌일 때마다 공략대의 일원이 되어 게이트 안으로 들어가던 탐사 전문 기자였다.

즉, 아까 쫓겨난 기자와는 비교할 수 없을 만큼 높은 경지에 도달한 헌터라는 뜻이다.

"제가 기억하기로 그 SOS 메시지는, '창덕궁 좀비 공략자
님'을 찾고 있었습니다. 그리고 얼마 전에 창덕궁에 있는 E
등급 좀비 게이트가 갑자기 폐쇄되는 일이 있었고요. 알고
계십니까?"

그래서인지 기세만큼이나 질문도 날카롭다.

"알고 있습니다."

"그럼 말씀해 주십시오. 혹시 헌터님께서 그 '중세 좀비의
창궐지' 게이트를 공략하고 폐쇄하셨습니까?"

나는 되물었다.

"왜 그렇게 생각하시죠? 단지 그 SOS 메시지에 제가 응답
했기 때문에? 그건 좀 억측 아닌가요?"

그러자 석형우는 두꺼운 팔을 교차시켜 끼우며 눈을 가늘
게 떴다.

"안타깝게도 차원통제청 측에서는 확인해 주지 않고 있습
니다만, 그날 윤희원 씨도 창덕궁에 있었다는 이야기가 있습
니다. 그래서 가정을 해 본 거죠. 혹시 두 사람이 면식이 있
는 것은 아닐까 하고요."

그리고 그는 에어바이크를 가리켰다.

"마침 딱 맞아떨어지니까요. 당시의 레이드 헌터 또한 뭔
가에 탑승한 상태에서 옵티컬 카무플라주를 사용해서 모습
을 감춘 채 현장에서 도주했다고 했습니다. 정확히 오늘 헌

터님이 하신 것처럼 말입니다."

어느새 조용하게 변한 기자들을 스윽 돌아본 석형우가 나를 향해 재차 질문했다.

"만약 아니라면 왜 개입하셨습니까? 단순한 정의심인가요?"

에두르지도 않고 정면으로 날아와 꽂히는 질문.

동시에 빠져나갈 곳도 슬쩍 막아 두는 노련한 솜씨였다.

"……."

나는 잠시 생각에 잠겼다.

'그냥 이것도 노코멘트하겠다고 할까?'

하지만 사실 대답을 피한다는 것은 긍정하는 것이나 다름없다.

범죄를 저지른 자들이 포토라인 앞에서 묵비권으로 일관하는 모습이 그렇게 보이는 것처럼 말이다.

그리고 나는 범죄자가 아니다.

'오히려 반대지.'

또한 슬슬 때가 되었다는 생각도 들었다.

이제 이 정도쯤은 감당할 수 있다는 판단이기도 했다.

그래서 간단하게 대답하기로 했다.

"네, 맞습니다."

"……맞다고요?"

"제가 그 게이트를 폐쇄시켰습니다."

그러자 사방에서 카메라 플래시들이 터져 나오고, 그와 함께 고함도 와르르 쏟아져 나왔다.

"부, 부장님! 특종입니다!"

"창덕궁 좀비 게이트 있잖아요! 그거 닫은 범인! 범인이 아닌가? 아무튼 당사자가 나타났습니다!"

"헌터님! 저도 질문이 있습니다!"

난리가 난 것은 기자들만이 아니었다.

"허, 헌터님? 정말이십니까?"

"그 게이트를 헌터님이 폐쇄시키셨다고요?"

이번 브리핑 장소를 만들고 진행 상황을 지켜보던 게이트 통제관들도 어안이 벙벙한 표정을 짓고 있었다.

그들은 각자의 스마트폰을 부서져라 움켜쥐고 있었는데, 아마도 그건 차원통제청 본부로 연락을 넣기 위해서인 듯했다.

"……."

마치 수배 전단 속의 인물을 발견한 보안관들 같은 표정들이었다.

장내에 감도는 서늘한 긴장감을 느끼며 나는 다시 한번 고개를 끄덕였다.

"네, 제가 창덕궁 게이트를 폐쇄시켰다고 말씀드렸습니다."

그러자 공무원들은 얼굴을 굳히며 행동을 취했다.

"여보세요? 팀장님! 긴급 보고입니다!"

"……헌터님, 죄송하지만 저희와 동행해 주셔야겠습니다.

알고 계시겠지만, 저희 게이트 통제관들은 차원 관문 및 각 성자 관리에 관한 특별법 및 관련 법령에 따라 행정조사를 실시할 수 있으며……."

자신들의 본부로 보고를 올리고, 나를 연행하기 위해서 압박을 넣기 시작한 것이다.

슬쩍 고개를 돌려 보니 석형우 기자의 얼굴이 딱딱하게 굳어 있었다.

살짝 무너진 정신 방벽 너머로부터 들려오는 목소리.

　－이런 미친! 이게 뭐야?
　－그걸 그렇게 인정해 버리면 어쩌자는 거야?
　－난 적당히 당황하는 모습만 확인하면 되는 거였는데…….

아마도 석형우는 내가 당황하는 것을 본 뒤에 나름대로 조사를 벌이면서 내 뒤를 캐 보려고 했던 모양이다.

하지만 나는 이 자리에서 내가 그 '범인'이라고 인정해 버렸다.

그 덕분에 그의 계획은 공염불이 되고 말았다.

"자, 가시죠. 헌터님이 거부하시면 무력을 사용할 수도 있습니다."

그 결과, 차원통제청의 공무원들은 발등에 불이 떨어지고 말았지만 말이다.

몇몇은 제압봉에 손을 가져가며 나를 노려보고 있었다.

이까짓 제압봉으로 마력 각성자를 때려눕힐 생각을 하는 것은 아니겠지만, 그만큼 엄중한 상황이라는 뜻이다.

"……."

나는 조용히 몸을 일으키며 주변을 둘러보았다.

그리고 내심 고개를 기울였다.

'내가 잡혀가는데 보고만 있을 생각인가?'

그리고 다음 순간.

"통제관님들! 잠시만요!"

……호랑이도 제 말 하면 온다더니.

"죄송하지만 그분은 저희 클랜의 은인입니다."

"저희 마스터께서 무조건적인 신원 보호를 지시하셨습니다. 물러나 주시죠."

어디선가 나타난 백십자 클랜원들이 게이트 통제관들과 대치하기 시작했다.

게이트 통제관들의 반발은 당연했다.

"무슨 말입니까! 저희 팀장님도 무조건 신원을 확보하라고 하셨습니다!"

"백십자 클랜원 여러분에게 경고하겠습니다! 책임질 수 있는 행동을 하십시오!"

기자들은 그 모습을 보며 신이 나서 노트북을 두들기고 있었다.

"영상 찍고 있나?"

"그럼요! 이런 경우는 본 적도 없는데요."

보나마나 특종, 긴급, 속보 따위의 헤드라인을 단 기사들이 쏟아지고 있을 것이다.

기자들에게는 노다지와도 같은 현장이었다.

하지만 이게 끝이 아니었다.

"어? 김 선배? 저거……!"

"뭐야? 저게 뭐고?"

이어서 더 엄청난 일이 벌어졌으니까.

삐이이이이-!

어디선가 울려 퍼지는 날카로운 소리.

비행기 한 대가 꽤 낮은 상공을 날아가며 호루라기를 부는 듯한 소리를 뿌려 대고 있었다.

그리고 사람이 보였다.

'……사람?'

정말이었다.

꼬리를 보이며 유유히 지나가는 여객기로부터 당황스럽게도 팔다리를 펼친 사람 하나가 이쪽으로 날아오고 있던 것이다.

"나, 낙하산은……?"

"안 펼쳐? 뭐, 뭐야?"

멍하니 고개를 들고 지켜보던 기자들이 서서히 경악에 빠지고 있던 그때.

'설마 했는데 직접 나타난 거야? 저 아저씨도 엄청난 딸바보구나.'

중년 남자의 얼굴을 알아본 나는 피식 웃고 말았다.

그리고 그는 마치 영화 속의 슈퍼 히어로처럼 지상으로 내려앉았다.

쿵ㅡ!

얼어붙은 모두를 스윽 둘러보고.

"역시."

마지막으로 나와 에어바이크를 훑어보며 고개를 주억거리는 남자.

그는 묵직한 눈빛과 그보다 더 묵직한 목소리로 자신을 소개했다.

"나 백십자 클랜의 윤동식이오. 이 친구는 내가 데려가고 싶은데."

"……."

자신의 말에 입을 쩍 벌리는 통제관들을 향해서는 살짝 웃음을 지어 보이기도 했다.

"아, 차원통제청장과는 방금 통화를 마쳤소. 불안하면 확인해 보셔도 좋고."

"누, 누구시라고 하셨습니까?"

"저희 청장님과요?"

"갑자기 이게 무슨 일이야……?"

당황해서 저마다 다른 소리를 해 대는 차원통제청의 공무원들.

하지만 윤동식은 여유롭게 상황을 주도했다.

"좀 기다려 보면 상황이 내려올 거요. 그러니까 뒤로들 물러서시고. 아, 거기 오토바이 조심하시오. 이거 나도 오랜만에 마이스터의 작품을 보니 가슴이 벅차군그래."

그의 말에 기자들의 눈빛이 또 한 번 변했다.

"역시! 마이스터의 작품이었어!"

"뭐, 뭐 하고 있어! 얼른 찍어!"

"……."

미친 듯이 터져 나오는 카메라 플래시를 보며 나는 헛웃음을 짓고 말았다.

'아까 정색까지 하면서 기자를 내보내 놨는데 한 방에 물거품이 됐네.'

하지만 나쁜 일은 아니었다. 어차피 에어바이크가 철만 아저씨의 작품이라는 것을 밝히긴 해야 했으니까.

그게 윤동식이라는 거물의 입을 통해 전해진다면 나에겐 나쁠 것이 전혀 없었다.

그리고 그는 이내 상황을 정리하는 것에 성공했다.

"아, 예. 팀장님. 예? 그게 정말입니까? 알겠습니다. 그럼 그렇게 조치하겠습니다."

본부와 통화를 마친 게이트 통제관이 떨리는 눈으로 돌아서더니 장내를 향해 이렇게 외친 것이다.

"죄송하지만 오늘 브리핑은 여기서 마치겠습니다! 기자 여러분께서는 해산해 주십시오!"

"엥? 해산하라고요?"

"정말로 김서옥 청장이랑 얘기가 된 겁니까?"

"그건 확인해 드릴 수 없습니다. 미비한 점은 보도 자료를 통해 보완하도록 하겠습니다! 감사합니다!"

"하, 약간 아쉬운데……."

기자들이 투덜거리며 물러났다.

특히 석형우 기자의 눈빛은 나를 잡아먹을 것처럼 번쩍거리고 있었다.

'저 양반, 주의해야겠어.'

그렇게 일방적으로 기자들을 해산시킨 공무원이 나와 윤동식을 번갈아 보며 한숨을 내쉬었다.

"두 분은 가셔도 됩니다. 대신 잡음을 최소화할 수 있게 협조해 주시기를 부탁드리겠습니다. 저희도 곤란해서요. 마스터께서는 무슨 말씀인지 알 거라고 믿습니다."

그러자 윤동식은 조용히 웃었다.

"물론이지. 걱정 마시게."

그날, 차원통제청은 보도 자료를 통해 이번 사건에 대한

추가 브리핑 자료를 내놓았고…….

인터넷에는 어마어마한 양의 기사들이 쏟아졌다.


　　[뉴스 오브 헌터] 〈속보〉 백십자家 외동딸, 블랙 헌터들에게 피습…… 구출되어 생명에는 지장 없어

　　[데일리 게이트] 윤희원 씨를 구출한 신원 미상의 헌터, '마이스터 손'이 만든 에어바이크 소유 중

　　[오늘의 공략] 〈석형우의 시선〉 '백십자 클랜' 윤동식 마스터의 외동딸을 구해 낸 정체불명의 헌터…… '마이스터 손'의 아들?


'석형우 기자가 엉뚱한 상상을 하기 시작했군.'

어쨌거나 이는 윤희원과 나에 대한 여러 궁금증들을 써 내려간 기사들이었고…….


　　[헌터 포커스] 〈해운대 현장〉 백십자 마스터 윤동식 '고공 강하' 등장! 은인을 직접 만나기 위해서?

　　[마이 히어로] 마이스터 손, 좀비 게이트, 백십자 외동딸까지…… 시선 집중 '대체 이 헌터는 누구인가?'

　　[영웅일보] 해운대 게이트 영웅, "창덕궁 게이트 폐쇄, 내가 했다" 차원통제청, "사실 확인 중"

창덕궁 좀비 게이트와 윤동식 마스터를 나와 엮어서 써 낸 기사들.

그리고······.

[더 게이트] 브리핑 현장의 '불합리함'과 레이드 헌터의 '오만함' 어디까지 용인해야 하나?

나에게 쫓겨난 기자가 써 낸 뾰족한 기사까지.

'글에서 짜증과 분노가 묻어나네.'

어지간히 분했던 모양이다.

어쨌거나, 나는 철만 아저씨의 말대로 보여 줄 수 있는 모든 것을 보여 주었다.

그리고 그 결과, 백십자 클랜의 마스터인 윤동식과 직접 대면하게 되었다.

❦

최원호는 윤동식과 함께 병원으로 향했다.

"면목 없습니다, 마스터."

"······."

병원에서 주진환과 만난 윤동식은 아무런 말도 하지 않았다.

복부에 붕대를 감은 채 고개를 푹 숙이는 주진환의 어깨를
툭툭 두드려 주었을 뿐이다.

하지만 서늘하게 번쩍거리는 눈빛은 감출 수 없었다.

아주 잠깐이었지만 예사롭지 않은 기세.

'분위기 보니까 윤희원이 죽었으면 주진환도 죽었겠는데?'

-음, 주인이 목숨 두 개 살렸네.

'그러게 말이야.'

최원호와 해청이 시답잖은 이야기를 주고받는 사이, 그들
은 병원 관계자의 안내를 받아서 가장 높은 층으로 향했다.

VIP 병실.

바로 윤희원이 누워 있는 병실이었다.

"아, 안녕하십니까! 윤동식 마스터님! 저는 윤희원 씨의
주치의입니다! 상태를 설명해 드리겠습니다!"

군기가 바짝 든 젊은 의사가 잔뜩 긴장한 표정으로 다가
왔다.

하지만 윤동식은 고개를 저었다.

"아니. 내가 직접 보겠소."

"예? 예."

주치의를 물린 윤동식의 손에서 희뿌연 빛이 터져 나왔다.

최원호는 그 힘이 무엇인지 알고 있었다.

샤이닝 핸드.

치유 계열 헌터들 중에서도 최상급에 도달한 이들이 사용

하는 전방위적 치료 기술.

시술자의 손을 영성 영역으로 진입시켜서 배를 가르지 않고도 내부 치료와 수술을 진행할 수 있는 신비한 능력이었다.

샤이닝 핸드를 발동시킨 윤동식은 그 어느 때보다 진중한 얼굴로 딸의 몸 상태를 훑어보았다.

'복부의 손상은 잘 봉합됐고, 혈압이 조금 낮지만 큰 문제는 없겠어.'

침을 삼키는 것조차 조심스러운 시간이 흐르고.

"후우우……."

손을 거둔 윤동식은 긴 한숨을 토해 냈다.

고개를 끄덕이는 클랜 마스터.

"다행히도 외상은 얼추 다 치료되었구먼."

"그렇습니다. 하지만……."

"하지만 코마 상태에서 깨어나지 못한 상태란 말이지? 중추신경계와 마력 체계의 간섭 때문인가?"

"아, 그게……."

"그래도 뇌파의 진행은 안정적인 편이야. 상황을 지켜보면서 마력 처치를 하면 되겠어."

"……."

말문이 막힌 담당 의사.

윤동식은 이 병원에 있는 교수들만큼이나 의학적 지식이

해박한 사람이었다.

'내가 말을 보탤 필요가 없었구나.'

뒤늦게 그것을 깨달은 주치의가 조용히 나간 뒤.

"음? 이런, 내가 딸애한테 정신이 팔려서 그만……. 세워 둬서 미안하군. 다들 앉지."

한참이나 자신의 딸을 바라보던 윤동식이 최원호와 주진환에게 손짓했다.

VIP병실답게 호텔 객실처럼 잘 꾸며진 곳.

최원호는 접객용 테이블을 사이에 두고 두 사람과 마주 앉게 되었다.

그에게 윤동식이 처음 꺼낸 이야기는 감사의 인사였다.

"고맙네. 내 딸아이를 살려 줘서 무어라 말할 수 없을 만큼, 감사하네."

중년인은 최원호에게 고개를 숙이며 진심으로 고마움을 표했다.

전 세계적인 메디컬 클랜의 수장이 이름도 알지 못하는 아들뻘의 상대에게 깍듯하게 예의를 갖추는 모습.

윤동식의 괄괄한 성미를 아는 이가 본다면 경악을 금치 못했을 장면이었다.

하지만 최원호는 그저 빙긋 미소를 지으며 답례했다.

"별말씀을. 주진환 헌터가 기지를 발휘하지 않았다면 전혀 모르고 지나쳤을 겁니다. 도울 기회가 있어서 기쁘게 생각합니다."

정석적인 대답에 윤동식 또한 가만히 미소 지었다.

"그럼 내가 여기서 자네를 어떻게 부르면 되겠나? 아까 상황을 보니 정체를 드러낼 생각은 없는 것 같은데. 그 안경도 그렇고 말이야."

이번에도 대답은 정석적이었다.

"백수현이라고 부르십시오. 물론 가명입니다."

노련하게 정체를 감추면서도 마주한 상대에 대한 예의를 보이는 처세.

"알겠네, 수현 군."

윤동식은 입꼬리가 올라가는 것을 감추기 위해 노력하는 중이었다.

'이 친구, 마음에 드는군.'

휘하로 거두고 싶다는 생각이 든 것이다.

'그렇잖아도 요즘 인재가 없어서 골치가 아팠는데 말이야.'

최근 윤동식은 후계자를 선정하는 것에 골머리를 앓는 중이었다.

백십자 클랜은 대한민국을 넘어 전 세계의 유명 클랜들에 협업 요청을 받는 최정상급 메디컬 클랜.

언젠가 자신이 현역에서 은퇴하고 나면 이 거대 집단을 누가 이끌게 할지 고민스러웠던 것이다.

중년인은 슬며시 운을 뗐다.

"수현 군은 우리 희원이를 어떻게 생각하나?"

"그게 무슨 말씀이십니까?"

"……헌터로서 말이야."

'뭔가 그런 톤이 아니었던 같은데.'

최원호는 눈을 가늘게 떴지만 윤동식은 아무렇지 않게 말을 이어 갔다.

"진환이도 그렇고, 수현 군도 그렇고. 저 녀석이 게이트 안에서 하는 걸 봤을 텐데? 가능성이 있는지 어떤지 궁금해서 말이지."

"……."

잠시 최원호와 주진환의 시선이 마주쳤다.

두 헌터의 생각은 같았다.

'열정은 넘치는데.'

'재능은 없지.'

둘은 서로 비슷한 생각을 한다는 것을 알아차리고 피식 웃었다.

역시 사람 보는 눈은 비슷한 법.

확신을 얻은 최원호가 간단히 말했다.

"죄송한 말씀이지만 따님에게 헌터로서의 재능은 없다고 봅니다. 오늘을 마지막으로 그만두는 게 낫겠습니다."

그러자 잠시 움찔했던 윤동식이 이내 파안대소했다.

"푸하하하! 보는 눈도 있구먼! 맞아! 내 자식이지만 저 녀석은 헌터가 되기엔 늦었어. 하던 일이나 했으면 좋겠는데 말이지……."

윤동식은 그렇게 말꼬리를 흐리더니 질문을 바꿨다.

"그럼 자네는 어떤가? 수현 군 스스로는 헌터로서 어디까지 올라갈 수 있다고 보고 있나?"

나름대로 꽤나 묵직한 질문이었다.

하지만 최원호는 내심으로 피식 웃고 있었다.

윤동식의 강력한 정신 방벽에 가로막혀 보름달 여우의 눈은 전혀 작동하지 않았지만.

그와 별개로 속내는 훤히 들여다보이고 있었던 탓이다.

'거대 클랜의 마스터로서 유망주를 가늠해 보고 침이라도 발라 놓겠다?'

안타깝게도 그 질문은 번지수를 한참이나 잘못 찾은 것이었다.

최원호는 이 지구에 존재하는 그 어떤 헌터보다도 더 높은 경지를 밟고 돌아온 사람이었으니까.

윤동식보다도 더 아득한 경지에 있던 서포터들과 호흡을 맞추던 END급 헌터.

어디까지 클 자신이 있느냐는 질문은 그에게 어불성설과도 같았다.

'뭐, 저 입장에서야 그게 궁금할 수도 있겠지.'

그리고 윤동식의 의도는 그리 나쁜 것이 아니었다.

오히려 호의에 가까웠다.

그렇기에 최원호는 적당히 장단을 맞춰 주기로 했다.

대답은 이러했다.

"저는 다음 주에 올노운을 만나기로 되어 있습니다."

"음? 무진 그룹에 스카우트된 건가?"

"아뇨, 저희는 동등한 클랜 마스터로서 만나는 겁니다."

"……!"

말에 숨어 있는 의미를 깨달은 윤동식의 눈동자가 잘게 흔들렸다.

국내 최강자이자 세븐 스타즈의 일원인 올노운과 동등한 자격으로 만난다는 것.

그것은 자신이 성장 가능성 따위를 생각할 필요 없을 만큼 이미 완성된 헌터임을 에둘러 말한 것과도 같았다.

그리고 방금의 이야기가 허언이 아니라면…….

'올노운이 상대의 경지를 보증한다는 뜻이 된다.'

무진 그룹과는 긴밀하게 협력하는 사이인 만큼 윤동식은 올노운의 성품에 대해 잘 알고 있었다.

'절대 시간을 허투루 쓰지 않지.'

"허허."

자신의 오판에 실소가 나왔다.

어린 늑대쯤이라고 생각했는데 뜻밖에도 호랑이를 만난 듯 했다.

"이거 내가 실례를 했군."

중년인은 마주 앉은 상대의 눈을 향해 다시 한번 고개를 살짝 숙여 보였다.

"이미 한 클랜의 마스터라니, 지금이라도 말을 높이겠소."

"아뇨, 그럴 필요까지는 없습니다. 저도 불편해서요. 낮춰 주십시오."

"……점점 무서워지는구먼."

최원호는 희미한 미소를 지었고, 윤동식은 이제 본론으로 들어갈 시간이 되었음을 직감했다.

마이스터와 창덕궁 게이트.

궁금한 것은 더 있었으나 이 자리에서 자신이 해야 할 이야기는 하나뿐이었다.

"나는 은원을 확실히 하는 사람일세."

"……."

"크든 작든 받은 것을 두세 배로 돌려주려고 노력한다네. 은혜든 원한이든 모두. 이번 경우도 마찬가지야. 아니, 그 어떤 것보다 큰 빚을 졌다고 해야겠지. 희원이는 나에게 비교할 것이 없을 만큼 소중한 딸이니 말일세."

잠시 말을 멈춘 윤동식의 검은 눈동자가 최원호를 향해 번쩍였다.

"그러니 내 도움이 필요한 것이 있다면 무엇이든 말해 보게. 나에게 자네의 은혜를 갚을 기회가 있었으면 좋겠구먼."

받은 것에 대한 값을 치르겠다…….

'올노운도 그랬었지.'

부채를 생기는 상황을 지독하게 싫어하는 것은 강자들의 공통된 특징이었다.

그 덕분에 최원호는 내내 생각하고 있던 문제 하나를 손쉽게 해결할 수 있게 되었다.

"그렇잖아도 말씀드리고 싶은 게 있습니다."

마침 거대 클랜의 입김이 긴히 필요한 데가 있었으니까.

"혹시 차원통제청장님과는 어떤 관계이십니까?"

# 이사하는 뉴비

"어떻게 되셨습니까, 마스터?"

"희원 양은요? 지금은 어떤 상태입니까?"

"⋯⋯."

윤동식은 뒤늦게 합류한 비서들과 함께 밤바다를 바라보는 중이었다.

그들 또한 윤희원이 어릴 때부터 보아 온 이들로서 딸의 상태를 걱정하고 있었다.

윤동식은 짠 내음을 풍기며 철썩거리는 파도소리 속에 한숨을 감추고는 짧게 설명했다.

"아직 의식을 차리지는 못했네. 하지만 곧 정신을 차릴 게야."

아버지로서 간절한 희망이 섞인 목소리.

보좌진 역시 마찬가지 마음으로 고개를 끄덕였다.

"……분명 그럴 겁니다."

"저희도 최선을 다해 돕겠습니다, 마스터."

윤동식은 가만히 고개를 끄덕였다.

"고맙네. 자네들도 고생 많았어."

대화의 주제는 다음으로 넘어갔다.

"그나저나 그 헌터는 어떤 사람이었습니까?"

"오토바이도요. 정말 마이스터 손의 작품이었습니까?"

"아, 백수현 헌터."

쏟아지는 질문에 윤동식은 나지막이 웃었다.

'백수현……?'

각종 언론을 통해 정보를 수집하는 것이 일상적인 업무였던 비서들은 잠시 고개를 갸웃거렸다.

'어디선가 들어 본 것 같은데?'

'……아!'

그리고 이내 정보를 떠올리고 눈을 크게 떴다.

"들어 본 적 있습니다. '백수현'이라는 이름은 요즘 한창 이슈가 되고 있는 신인류 조사단에 관해 언급할 때 빠지지 않는 이름입니다."

"저도 기억이 납니다. 용인에서 라미아 게이트가 폐쇄되었을 때, 놀랍게도 올노운 마스터가 직접 나타나서 힘을 실어 주었던 헌터라고 알고 있습니다만."

"그런데 정보 부서들 사이에서 그 행적에 대해 추적이 안 되고 있어서 논란이 많습니다."

이어지는 비서들의 말에 너털웃음을 짓는 윤동식.

"허허, 요즘 일을 열심히들 하는 모양이구먼."

백십자 클랜의 마스터는 최원호의 얼굴을 떠올리며 고개를 끄덕였다.

"맞아. 바로 그 친구일세. 그렇잖아도 그 이야기가 나왔어."

1시간 전.

"……혹시 차원통제청장님과는 어떤 관계이십니까?"

그 질문에 윤동식은 가만히 고개를 기울였다.

"혹시 나를 통해 정부 측에 청탁을 하려는 겐가? 물론 김서옥 청장과는 잘 아는 사이지만, 솔직히 말해서 내가 그리 효과적인 채널은 아니라고 생각하네. 그 여자, 보기보다도 더 깐깐하거든."

하지만 '백수현'은 빙긋 웃었다.

"청탁은 아닙니다. 제안이라고 해야겠군요."

"제안? 그렇다면 어떤 제안인가?"

"그건……."

잠시 뜸을 들이던 그가 천천히 안경을 벗었다.

그러자 드러나는 맨얼굴.

"……!"

윤동식과 주진환이 잠시 눈을 맞추고는 중얼거렸다.

"이 친구, 좀 생겼구면."

"세상이 참 불공평하다는 생각이 듭니다."

최원호는 피식 웃었다.

어차피 윤동식의 딸인 윤희원은 그의 진짜 얼굴을 알고 있다.

그리고 지금부터 건넬 이야기는 다른 무엇보다도 신뢰가 필요한 것이었다.

'이건 계략이 아니라 진심으로 하는 이야기라는 점을 분명하게 해 둘 필요가 있어.'

윤동식 또한 그 의미를 짐작했는지 자세를 고쳐서 앉았다.

"……그래, 말해 보게."

최원호는 천천히 이야기를 시작했다.

"요즘 이슈가 되고 있는 '신인류 조사단'에 대해 알고 있으십니까?"

윤동식은 선선히 고개를 끄덕였다.

"물론. 특히 중요한 이슈이지 않은가. 올노운이 발의했으니 우리 백십자 클랜도 참여하기로 했고."

그러자 다시 돌아오는 질문.

"그렇다면 마스터께선 그 조사단이 성공할 수 있다고 보십니까?"

"……."

윤동식은 눈을 가늘게 뜨며 상대를 바라보았다.

'맹랑하군.'

앞서 말한 대로 신인류 조사단은 올노운과 무진 그룹이 주도하고 있고, 이미 다수의 거대 클랜들이 참여하기로 결정한 상태였다.

그런 연합체에 대해 성공할 수 있겠느냐고 의심하는 것은 자칫 한국의 클랜 수준을 낮추어 보는 것으로 비칠 수 있는 일이었다.

하지만 최원호는 거침없이 직설을 이어 갔다.

"건방지게 들릴 수 있다는 것도 압니다만, 저는 어렵다고 봅니다."

"어째서?"

"신인류는 이미 한국의 헌터들을 잘 알고 있습니다. 일부는 우리 중에 숨어 있기도 하고요. 조사단 내부에 첩자가 있을 가능성이 큽니다."

"신인류의 첩자라……?"

윤동식은 눈살을 찌푸렸다.

완전히 깔끔한 조직을 만드는 것은 불가능하겠지만, 그래도 어느 정도는 걷어 낼 수 있을 텐데?

"신인류의 끄나풀이 한 명에 불과할지라도 전세 자체를 바꿔 놓을 수도 있습니다."

거기서 최원호는 또 하나를 지적했다.

"게다가 제3의 세력도 있을 겁니다."

"제3의 세력? 그건 또 뭔가?"

"게이트 테러리스트들, 이들도 가만히 있진 않을 겁니다."

"……!"

"그들에게도 조사단은 매력적인 먹잇감이라는 것은 아시리라고 생각합니다. 그들에겐 여러 클랜의 헌터들을 일거에 궤멸시킬 절호의 찬스 아닙니까?"

"흐음."

"고위 헌터들이 몰살당하기라도 한다면 대한민국 헌터계가 혼란에 빠질 겁니다."

이것은 최신우를 찾아온 김자형의 이야기에서 착안한 가설이었다.

그 때문에 이렇다 할 근거가 제시된 것은 아니었지만…….

'이건 일리가 있는 얘기군. 뭔가 알고 있다는 건가?'

오히려 윤동식에게는 상당한 설득력을 발휘하고 있었다.

'최근에 디엘 컴퍼니와 오성 그룹에서 테러리즘에 가담한 헌터들을 색출하고 있다는 정보가 있었지. 상당히 가능성이 있는 이야기야.'

그는 자체적인 정보망을 통해 게이트 테러리스트들이 타

클랜에 잠입하여 활동하고 있다는 정보를 입수한 상태였고.

그 때문에 신인류 조사단이 그리 희망적으로 작동하지 않으리라는 것에 어느 정도 동의할 수 있었던 것이다.

"무슨 말인지 알겠네."

윤동식의 눈빛이 깊어졌다.

"그렇다면 자네에겐 뭔가 대안이 있다는 겐가? 내부에서 칼을 꽂을 첩자들에 대비할 방법이 있어?"

최원호는 고개를 가로저었다.

"아뇨, 그걸 대비할 수는 없습니다. 누가 첩자일지, 무슨 일이 벌어질지 제가 어떻게 알겠습니까?"

하지만 차선책은 가지고 있었다.

"차라리 처음부터 난전을 대비하자는 것이 제 생각입니다. 적이 흙탕물 싸움을 하려고 한다면, 우리는 맑은 물을 준비해 두면 됩니다. 더러워지기 시작하면 곧바로 쓸어 보내는 것, 그게 상책 아니겠습니까?"

함정에 빠지면 아군을 버리는 전략을 취하더라도 끝장을 봐야 한다는 말이다.

"아군의 피를 보게 될 상황을 뻔히 예견하고도 강행하자는 말인가?"

"세상에 피가 흐르지 않는 전장도 있습니까?"

"……"

정곡을 찔리고 입을 꾹 다무는 윤동식.

그는 내심 어안이 벙벙한 상태였다.

'젊은 나이에 이토록 대담할 수 있다니.'

도전은 젊음의 특권이라는 말도 있지만, 지금 마주한 상대가 보여 준 것은 치기 어린 만용 따위가 아니었다.

오히려 농익을 대로 농익은 베테랑에 의해 계산된, 처절한 한 수처럼 느껴졌다.

'……대체 정체가 뭔지 모르겠군.'

잠시 생각에 잠겼던 윤동식의 입이 다시 열렸다.

"그럼 말해 보게. 그 맑은 물을 준비할 방법은 뭔가?"

이제 본격적인 제안을 던질 때가 왔다.

최원호는 윤동식을 똑바로 바라보며 말했다.

"차원통제청장님을 설득해서 '특별 인증 시험'을 만들어 주셨으면 합니다."

"특별 인증 시험……?"

"네, 완전히 새로운 얼굴들로 팀을 짤 겁니다. 신인류나 테러리스트를 완벽하게 솎아 내고 순수하게 실력 있는 헌터들로 이루어진 팀."

일종의 특공대가 되겠지.

"저도 시험을 보고 거기에 합류할 생각입니다."

그리고 그것을 고스란히 자신의 조직으로 만들 작정이었다.

"허, 허허……."

윤동식은 가만히 웃음을 지으며 최원호를 바라보았다.

그 표정 속에서 기이한 열망이 피어오르고 있었다.

'희원이는 이 친구를 어떻게 생각하는지 모르겠군.'

어떻게든 사윗감으로 삼고 싶은데 말이다.

덜컹, 덜컹.

서울역을 향해 달리는 KTX 열차 안.

창밖으로 빠르게 스쳐 가는 야경을 바라보며 나는 햄버거를 한입 크게 베어 물었다.

철만 아저씨는 감자튀김을 우물거리고 있었다.

"……그래서 윤동식 마스터가 오케이 하더냐?"

"네. 똑같이 시험에 참가해서 특공대를 가져가겠다는 제 의도를 어느 정도 알아차린 것 같긴 한데. 크게 신경 쓰진 않겠죠."

백십자는 어차피 메디컬 클랜이다.

애초에 전투 계열 루키들을 확보하는 것에는 큰 관심이 없는 집단.

"그래, 오히려 좋아할 거다. 널 이미 아군으로 받아들인 듯하니까."

"확실히 은원에 민감하시더라고요."

"후후, 어쩌면 은원 이상을 생각하고 있을지도 모르지."

왠지 모르게 피식피식 웃고 있는 철만 아저씨.

근데 '은원 이상'이란 게 뭐지?

"그게 무슨 말씀이세요?"

"지금은 몰라도 된다. 이건 딸 가진 아버지로서의 촉이거든."

"……?"

"아무튼 잘했어."

대체 무슨 말씀인지.

어쨌거나 나는 남은 햄버거를 먹어 치우는 것에 주력했다.

윤희원이 입원한 병실을 떠나자마자 허기가 몰려오는 통에 견디기가 힘들 지경이었다.

예상했던 것보다 스케줄이 길어진 탓이었다.

"원래 계획으로는 아저씨만 찾고, 곧바로 디멘션 하트를 찾아서 파괴한 다음 튀려고 했는데 말이죠."

"그 아가씨 때문에 일이 틀어졌구먼?"

"그런 셈입니다."

내심 아쉬움을 느끼고 있었다.

게이트를 폐쇄시켰을 때 따라오는 경험치도 경험치였지만……

'하나라도 더 많은 게이트를 폐쇄시켜야 하는데, 기회를 놓쳤어.'

나의 최종 목표는 이 세계의 모든 게이트를 닫는 것.

그러기 위해서는 미리미리 부지런히 움직이면서 최대한 많은 디멘션 하트를 파괴해 둬야 했다.

이번 '용암 거인의 섬' 역시 마찬가지였다.

그런데 주진환과 윤희원이 SOS 메시지를 쏘아 올리는 바람에 마무리를 짓지 못하고 나왔다.

'윤동식 마스터의 힘을 빌려서 특별 시험을 제안하게 된 것은 물론 좋은 일이지만, 디멘션 하트가 아쉬운 것도 사실이지.'

사실 달맞이 고개로 다시 돌아가서 슬쩍 저질러 볼까 싶어서 알아봤으나, 그것도 여의치 않았다.

차원통제청에서 블랙 헌터들에 대해 조사하기 위해 '용암 거인의 섬'에서 모든 헌터들에게 강제 퇴장 명령을 내린 상태였다.

게이트 앞에 정부 측 요원들이 쫙 깔려서 가까이 가는 것 자체가 불가능했다.

그러니 한숨을 내쉬며 돌아설 수밖에.

'상황이 혼란스러울 때 닫아 버리면 좋았을 텐데.'

그때까지 나는 전혀 알지 못했다.

이런 조급함이 사실 아무런 쓸모가 없었다는 것을.

훗날 이것을 깨달은 나는 헛웃음을 지을 수밖에 없었다.

'……아깝다, 아까워.'

내내 궁금했던 것이 하나 있었다.

"아저씨는 어떻게 게이트에서 빠져나오신 거예요? 블랙 헌터들 때문에 게이트 통제관들이 눈에 불을 켠 것 같던데?"

원칙적으로 말하자면, 게이트 출입을 할 때는 외모를 감추는 목적의 모든 활동이 금지된다.

스킬 사용은 물론이고 아티팩트 착용 역시 마찬가지.

형식적으로나마 국가 기관인 차원통제청이 게이트 출입을 관리하고 있기 때문이다.

'헌터들이 정부 측 규정을 워낙 개똥으로 여기니까 있으나 마나 한 규정이지만…….'

아까처럼 특수한 상황에서는 아주 엄격하게 적용되는 규정이기도 했다.

그리고 아저씨는 세계적인 마이스터 중 하나로 얼굴이 잘 알려져 있는 사람이었다.

그런데 어떻게 소리 소문 없이 게이트를 빠져나올 수 있었던 걸까?

철만 아저씨는 씨익 웃음을 지어 보였다.

"후후, 난 게이트를 찢고 나왔다."

"어휴."

허무맹랑한 이야기에 나는 한숨을 푹 내쉬었다.

"4년 전이랑 똑같은 농담을 하시네요. 노잼입니다."

"유잼이고, 정말이란다. 아직 완벽한 단계는 아니지만 말이야."

"……?"

그 말에 나는 새삼 아저씨의 얼굴을 돌아보았다.

진지한 표정.

'뭐지?'

설마 아직 완벽한 단계는 아니라는 게……?

"저, 정말로 게이트를 찢고 나왔다는 말씀이세요? 농담이나 거짓말이 아니고요?"

"그래, 이 녀석아. 4년 전엔 농담이었지만 지금은 아니야. 내가 연구실에 처박혀서 다른 놈들 장비만 만들어 주고 있었겠냐?"

"……!"

사실이라면 놀라움을 넘어서 경악을 자아내는 충격적인 사건이었다.

'게이트의 출구를 이용하지 않고 바깥으로 빠져나오는 것.'

야수계에서도 오랫동안 연구되었지만 끝내 실마리를 잡지 못한 기술이었다.

이 기술이 레이드 클랜에 도입된다면 수많은 헌터들의 목숨을 살릴 수 있을 것이다.

'그리고 게이트의 비밀 한 가지도 풀어내는 거고!'

어쩌면 차원 역류에 대해서도 무언가 힌트를 얻을 수 있을지도 모른다.

"뭐, 뭡니까? 어떻게 하신 거예요?"

기차 안인데 하마터면 고함을 칠 뻔했다.

"일단 원리만 살짝 말씀해 주세요. 얼른요, 아저씨!"

하지만 철만 아저씨는 조용히 고개를 저었다.

"아직은 아니야. 완전히 완성된 건 아니거든. 지금으로써는 공략이 끝난 게이트에서만 사용 가능한 기술이고."

'이미 공략된 게이트에서만 가능하다……'

그렇다면 아쉽긴 하네.

게이트 탈출은 다른 무엇보다도 게이트를 최초 공략 중인 상황에서 요긴하게 사용될 기술일 테니까.

"짜식이 실망한 표정은……"

"그래도 아저씨랑 저랑 함께 연구를 하다 보면 발전시킬 수 있지 않을까요?"

"나도 그럴 거라고 생각하고 있다."

그러다가 문득 철만 아저씨가 나에게 묘한 시선을 보내왔다.

"근데 말이다, 원호야."

"네?"

"사실 내가 걱정했던 건 네가 이야기했던 게이트 초기화였거든?"

"게이트 초기화요……?"

"네가 가진 거신의 조각이 몬스터의 '거짓 사명'에 영향을 줄 수 있다고 하길래, 난 이번 용암 거인의 섬에도 이상 징후가 일어날 수 있겠구나 생각했단 말이야?"

그는 스마트폰을 켜서 달맞이 고개 게이트에 다른 사건이 일어났는지 확인했으나, 별다른 소식은 없었다.

"하지만 결국 아무 일도 일어나지 않았구나. 어떻게 생각하냐?"

"……."

철만 아저씨의 질문에 나는 말문이 막히고 말았다.

그러고 보니 그러네.

'왜 이번 게이트에서는 아무런 변화도 일어나지 않았지?'

내가 생각에 잠긴 사이, 우릴 태운 기차는 서울역으로 미끄러져 들어가고 있었다.

"아저씨! 보고 싶었어요!"

"우리 신우! 더 예뻐졌구나."

"오랜만에 뵙습니다, 마이스터님. 저, 기억하시죠?"

"오, 에코. 넌 키가 더 큰 거 같다?"

"……이코인데요."

"그랬었나?"

철만 아저씨는 껄껄 웃으며 두 사람과 인사를 나누었다.

복잡한 감정이 담긴 눈으로 우리 집을 둘러보는 아저씨.

그리고 시선이 거실 벽 너머로 향했다.

한때 영하 누나와 함께 살았던 그 집이 있는 곳.

"신우야, 지금 옆집에는 누가 살고 있냐?"

"얼마 전에 결혼한 신혼부부예요. 강아지도 한 마리를 키우고 있고요."

"강아지라……."

"이름이 '요미'래요. '귀요미'라나?"

신우의 말에 아저씨는 쿡쿡 웃었다.

"요미. 김종구보다는 백배 나은 이름이구나."

한때 철만 아저씨와 영하 누나의 집이었던 우리 옆집은 이미 오래전에 주인이 바뀐 상태였다.

영하 누나가 차원 역류에 휘말린 뒤, 아저씨가 용암 거인의 섬에서 은둔하기 시작하며 대부분의 재산을 처분해 버린 탓이었다.

그는 그것을 아쉬워했다.

"이렇게 돌아올 줄 알았으면 집을 팔지 않았을 텐데……. 당장 지낼 곳이 애매하군."

어쩔 수 없이 일단은 호텔에서 지내야겠다고 중얼거리고 있을 때.

'전에 말한 그거, 어떻게 됐어?'

'내가 누구냐? 다 작업해 놨지.'

'이규란 마스터가 완전 신났어. 아마 지금도 기다리고 있

을걸.'

'……잘됐네.'

우리 세 사람은 의미심장한 눈빛을 교환하고 있었다.

그 덕분에 철만 아저씨에게 당당하게 말할 수 있었다.

"아저씨가 지내실 곳은 이미 마련해 뒀습니다. 작업실도 구비된 공간이에요. 누나와의 추억이 있는 집에 비교할 수는 없겠지만 나쁘지 않을 겁니다."

철만 아저씨는 눈을 동그랗게 떴다.

"음? 작업실까지 있다고? 어디에? 보안은 괜찮은 거냐?"

나는 싱긋 웃었다.

"오늘은 저희랑 같이 주무시고 내일 같이 가서 직접 보시죠."

"안녕하십니까. 블랙핑거 클랜에서 마스터 직을 맡고 있는 이규란이라고 합니다. 만나 뵙게 되어 진심으로 영광입니다. 마이스터님."

BLACK FINGER.

내가 철만 아저씨의 거처이자 작업실로 섭외한 곳은 바로 마포구 합정동에 있는 블랙핑거 클랜의 사옥이었다.

"허허, 무슨 영광씩이나……."

아저씨는 입구까지 나와서 자신을 맞이하는 이규란의 환대에 손을 내저으면서도 내심 기쁜 얼굴이었다.

"나도 만나서 반갑습니다. 손철만이라고 합니다."

"가시죠. 제가 안내해 드리겠습니다."

블랙핑거 클랜와 마이스터 손의 동거는 언뜻 이상해 보였지만, 생각할수록 이보다 나은 선택이 없었다.

'딱 남은 공간들이 있으니까.'

고미정을 탈탈 털어 버렸던 그 지하 연습실을 작업실로 개조하고.

심혁필이 지내던 최상층의 호화 집무실은 주거 공간으로 바꾼다.

이것이 나의 복안이었다.

'그 노인네가 VIP용 시설이랍시고 전용 엘리베이터도 만들어 뒀으니 더할 나위 없는 조건이야.'

그리고 블랙핑거 클랜에도 도움이 되는 일이었다.

현재 이들은 스캐빈저 클랜에서 레이드 클랜으로 변신을 시작한 상황이었으니.

채굴 업무가 줄어듦에 따라 수입도 감소하고 공략대를 구성하기 위한 지출이 늘어나는 중이었다.

막 레이드 클랜으로 걸음마를 시작한 마당인데 쓸데없이 커다란 클랜 하우스가 특히 큰 낭비였다.

'금고가 슬슬 비어 가는 상황.'

최상층과 지하 공간을 통째로 임대하겠다는 나의 제안은 블랙핑거에 가뭄에 단비와도 같았을 것이다.

"자, 여기가 작업실로 쓰실 지하 공간입니다."

상층의 거주 공간에서는 대충 둘러보는 눈치였는데…….

"오호라!"

지하 공간으로 내려오자 아저씨는 공간의 높이와 구조를 꼼꼼히 살펴보았다.

역시 명장에게는 작업실이 우선인 모양이다.

"좋구먼. 일단 널찍해서 장비를 다양하게 갖춰 놓을 수 있겠어. 기본적인 공조 시설도 아주 잘되어 있고. 소방 시설도 최상급이야. 흠흠!"

오랜만에 듣는 만족의 콧노래다.

'성공이군.'

그런데 아저씨는 나를 슬쩍 쳐다보더니 이규란 마스터에게 질문을 던지는 것이었다.

"혹시 이 녀석 때문에 과한 요구를 들어주신 건 아닙니까? 아까 꼭대기 층도 그렇고, 여기도 그렇고…… 버릴 만한 공간은 아닌 것 같은데."

그녀는 조용히 웃으며 고개를 흔들었다.

"아닙니다. 특히 최상층 집무실은 쓰이지 않는 공간이나 마찬가지거든요."

"어째서요? 훌륭하던데?"

"그 층에 올라가는 것만으로도 전임 마스터가 떠오르거든요. 저희 클랜원들이 가진 일종의 트라우마입니다."

"······."

철만 아저씨는 입을 다물었다.

동시에 나를 향해 보내오는 눈빛.

'무슨 일이 있었던 것이냐? 그 전임 마스터가 어쨌길래?'

심혁필이나 고미정에 대한 이야기는 아직 아저씨에게 자세히 풀어놓지 않았다.

이미 마무리된 이야기였으니까.

난 조용히 동생을 가리켰다.

'나중에 신우한테 물어보세요.'

어쨌거나 아저씨는 무척이나 흡족한 얼굴이었다.

대한민국의 이목을 속이고 서울 시내 한복판에 작업실을 가지게 되었다는 사실 자체에 즐거워하는 것 같기도 했다.

월세로 돈은 제법 깨지겠지만 선택에 후회는 없었다.

"앞으로 잘 부탁드리겠습니다, 마이스터님."

"허허! 나야말로 잘 부탁드립니다, 집주인 양반."

이규란이 퇴장한 뒤, 철만 아저씨는 널찍한 공간을 둘러보며 어떤 장비를 놓아야 할지 구상하는 눈빛이었다.

"원호야."

"예, 아저씨."

"네가 필요로 하는 그 장비 말이다. 일단 프로토타입이라면 두 달 정도면 가능할 것 같구나."

"보름 드리겠습니다."

"뭐? 인마?"

"농담입니다. 그냥 한 번 말해 보고 싶었어요."

내가 히죽 웃자 철만 아저씨도 어처구니가 없다는 표정으로 웃었다.

"그냥 최대한 빨리 부탁드리겠습니다. 조만간 필요하게 될 것 같거든요."

"그 구조가 낯설고 복잡해서 그런다. 우선은 철견이랑 내가 준 것들을 써먹고 있도록 해."

아저씨로서는 그럴 수밖에 없을 것이다.

……내가 철만 아저씨에게 만들어 달라고 의뢰한 물건.

'거인갑.'

키가 제각각이었던 고대 거인들의 육체를 방어하기 위해 만들어진 종합 방어구.

레벨 70을 달성했을 때쯤 입수해서 사용하기 시작해서 200이 넘을 때까지도 유용하게 썼던 아티팩트였다.

초기 버전이 망가지기 시작했을 때는 오랑우탄 대장장이들과 함께 복제품을 만들어서 쓰기까지 했다.

그 덕분에 업그레이드 버전을 만들 수 있을 만큼 구조는 훤히 꿰뚫고 있었다.

'이번 거인갑은 마력을 최소한으로 소모하는 것에 중점을

둔 버전인데…….'

그래도 레벨 50 중반은 되어야 제 효과를 발휘할 수 있는 물건이었다.

'지금 내 레벨은 40.'

그러니 보챌 필요는 없었다.

게다가 한두 가지 기능을 더 붙여 달라고 아저씨에게 요청한 상태였다.

'자가 수복 기능과 형태 위장 기능이 있으면 좋겠어.'

이건 야수계에서도 구현하지 못했던 것이지만, 마법 공학은 지구 쪽이 월등하니 충분히 가능하리라고 생각한다.

'오히려 전혀 낯선 형태의 아티팩트를 두 달 만에 만들어 내겠다고 계산하고 있는 철만 아저씨가 대단한 것 같은데.'

머릿속으로 작업실을 꾸릴 구상에 여념이 없는 아저씨.

"저기다가 마나펙트로그램 분석기를 놓고. 옆에는 단층 촬영 장비를 놔야겠군."

"……아, 맞다. 아저씨."

"응?"

그를 뒤로 하고 돌아서려던 나는 뭔가를 떠올렸다.

"어제 기차에서 했던 그 이야기 말입니다."

"무슨 이야기?"

"게이트 초기화가 왜 일어나지 않았는지 물어보셨잖아요."

"그랬지. 뭔가 알아냈나?"

사실 알아낸 건 아닌데…….

나는 조금 머뭇거리다 이야기를 시작했다.

"지금부터 드리는 말씀은 어디까지나 추측입니다."

"추측? 추측이야 증명하면 될 일이지. 말해 보거라."

나는 조심스럽게 이야기를 꺼냈다.

"혹시 초기화라는 것도, 사실은 차원 역류의 한 종류가 아닐까요?"

"……?"

⌇

내가 가지고 있는 신성 스탯은 신인류의 힘을 포식한다.

그리고 그 신인류는 지구에다 마나 에너지를 쏟아부으면서 이 세계를 게이트로 만들고 싶어 한다.

'그래서 예언자가 역류를 유도하고 있는 상황이지.'

차원 역류.

이 현상은 오로지 '미공략 게이트'에서만 가능한 것이다.

즉, 헌터들이 게이트에 들어가서 미션을 클리어해 둔 '공략된 게이트'에서는 역류가 일어나지 않는다는 뜻이다.

그런데 내가 공략된 게이트에 들어갔더니, 뜬금없이 초기화 현상이 일어나면서 미공략 상태로 바뀌었다.

'100% 확률은 아니고 반반 정도의 확률로.'

창덕궁 중세 좀비 게이트와 용인 라미아 호수 게이트에서는 초기화가 일어났다.

그런데 인천 오크 항구 게이트와 부산 용암 거인 게이트에서는 초기화가 일어나지 않았다.

이건 무작위성이 있다는 의미다.

'마치 미공략 게이트가 언제 역류할지 모르는 것처럼 말이야. 그리고 무엇보다도…….'

공략된 게이트에 초기화가 일어나 미공략 상태로 되돌아가는 것은, 게이트가 역류하는 과정 중 하나로 볼 수 있는 일이었다.

초기화된 게이트를 다시 공략하지 못하면 언젠가는 역류할 테니까.

'궁극적으로는 차원 역류를 향해 가는 과정이라고 볼 수 있는 거지.'

이렇게 게이트의 초기화와 역류를 하나의 '세트'로 본다면, 그 초기화가 불규칙적인 것도 어느 정도 납득할 수 있게 된다.

'심지어 여기서 한 걸음 더 나아갈 수도 있지.'

……혹시 그 예언자라는 놈이 차원 역류를 유도하는 방법도 이 신성 스탯과 관련이 있는 것은 아닐까?

'게이트의 어딘가에 신성 스탯을 발휘하면 역류가 일어난다든가.'

또는 게이트 보스와 뭔가 이벤트를 일으키면 역류가 일어날지도 모른다.

생각할수록 추측들이 꼬리에 꼬리를 물고 쏟아져 나오는 상황.

다 추측이지만 철만 아저씨도 일리가 있다는 것에는 동의했다.

이것밖에는 다른 가능성이 떠오르지 않았다.

결론적으로…….

'신인류를 추적하다 보면 뭔가 실마리를 잡을 수 있을 것이다.'

나는 아저씨와 그렇게 이야기를 매듭지었다.

그리고 희소식을 전해 들었다.

"수현 씨, 잠시 시간 괜찮으신가요?"

나를 기다리고 있던 이규란 마스터가 전해 준 이야기.

"말씀하셨던 대로 '저주받은 왼손'을 돌려주겠다는 구실로 이스케이프 클랜과 미팅을 잡는 데에 성공했습니다."

"……!"

"지금 정석진 마스터는 해외 출장 중이라고 합니다. 한국으로 돌아오는 대로 직접 만나기로 했습니다."

주문받은 것을 훌륭하게 해낸 이규란이 빙긋 미소 짓고 있었다.

"어떻게 하시겠습니까? 수현 씨도 함께 가실 건가요?"

이스케이프.

대한민국 3대 클랜 중 하나이며 세븐 스타즈를 넘보고 있는 천재 마법사 '정석진'의 세력.

내가 차원 역류에 휘말리기 전에 소속되어 있던 전 직장의 마스터와 마주할 수 있게 된 것이다.

"정석진 마스터는 다음 달에 귀국한다고 합니다."

다음 달이라…….

'나쁘지 않네.'

해야 할 일이 있었던 나는 고개를 끄덕였다.

"저도 같이 가겠습니다. 자세한 일정이 잡히면 연락 주세요."

"알겠습니다."

나에게는 정석진을 만나서 반드시 물어볼 것이 하나 있었다.

'지금까지 비밀에 부쳐온 나의 귀환이 수면 위로 드러나는 한이 있더라도…….'

꼭 해소해야만 하는 의문이었다.

그리고 며칠의 시간이 흐른 뒤.


[헌터 포커스] 〈속보〉 김서옥 차원통제청장, '특별 인증 시험'으로 실력파 헌터 등용할 것

[데일리 게이트] 백십자 윤동식 마스터의 제안으로 시작된 "특

별 인증 시험" 발표······ 클랜들 일제히 반발 중

　[영웅일보] 정치권 설왕설래 '무슨 목적인가?' 우려의 시선
부터 '신선한 시도가 될 것' 환영의 눈빛까지


　차원통제청의 발표와 함께 '특별 인증 시험'이 윤곽을 드러
내기 시작했다.

# 도전하는 뉴비

나는 거실 소파에 앉아서 스마트폰을 바라보고 있었다.

차원통제청이 '특별 인증 시험'에 관해 발표한 뒤, 각종 언론사에서 기사들이 쏟아 내고 나오고 있는 상황.

거대 클랜과 차원통제청의 눈치를 보는 대부분은 우선 지켜보자는 쪽이었으나…….

'그렇지 않으신 대(大)기자님도 계시는군.'

바로 석형우가 그랬다.


[오늘의 공략] 〈석형우의 시선〉 무엇을 위한 '특별 인증'인가?


백십자 클랜의 윤동식 마스터는 세계적인 인지도를 가진

거물급 헌터다.

그런 그에게 최근 큰 변고가 있었다.

외동딸인 윤희원 씨가 부산 해운대구에 위치한 '용암 거인의 섬'에서 괴한들에게 습격을 당해 의식 불명에 빠진 것이다.

필자는 당시의 상황을 간접적으로 목격했는데, 게이트 상공에 긴급 SOS 메시지가 떴을 만큼 위급한 상황이었다.

일단 생명에는 지장이 없다고 하나, 윤동식 마스터에게는 다시 떠올리고 싶지 않은 악몽과도 같은 순간이었을 것이다.

그래서 국내 헌터들을 믿을 수 없다고 판단한 것일까?

윤동식 마스터는 국내 헌터의 등용문이라고 할 수 있는 '인증 시험'에 불만을 제기한 듯하다.

클랜 차원에서 유무형의 압박이 이루어졌을 것으로 추측된다.

김서옥 차원통제청장이 발표한 '특별 인증 시험'이 바로 그 결과물일 것이다.

1년에 2번 예정되어 잇는 정기 인증 시험 이외에도, 시험 내용을 '실전적'이며 '실무적'으로 개편한 가외(加外)의 인증 시험을 진행한다는 소식이다.

이번 특별 시험으로 선발되는 인원은 총 스물다섯 명.

이전 등급에 상관없이 현재 비랭커 헌터가 취득할 수 있는 최고 등급인 R1급 라이선스를 부여한다고 하니, 충격을 넘어 파격적인 시험이라고 할 수 있을 것이다.

그리고 우려의 시선이 쏟아지는 이유도 여기에 있다.

형평성과 실효성을 검토했느냐는 지적이 나올 수밖에 없는 것이다.

동시에 R1급 라이선스를 노리고 무분별하게 도전장을 내미는 헌터 지망생들을 어떻게 안전하게 관리 감독할 수 있느냐는 의구심 또한…….

'흠, 기사 재밌네.'

나에게 전화를 걸어온 사람은 그렇지 않은 듯했지만 말이다.

-제기랄. 석형우 기자가 불독처럼 달려들더구먼.

"예, 저도 기사 봤습니다."

-조목조목 잘 짚고 있어서 더 골치가 아파.

윤동식 마스터가 혀를 끌끌 차고 있었다.

-솔직히 이렇게 이슈가 될 줄은 몰랐다네. 뭘 그리 캐내고 싶어 하는지. 이게 그럴 만한 일은 아닌 것 같은데 말이야.

"석형우 기자가 캐내고 싶은 것이라……."

난 뭔지 알 것 같은데.

당시 브리핑 현장에 있었던 기자들은 분명히 느꼈을 것이다.

'상황을 주도한 것이 윤동식이 아니라 나였다는 것.'

마지막에는 윤동식이 슈퍼 히어로처럼 등장해서 날 빼내긴 했지만, 그 순간은 오히려 나의 존재감을 돋보이게 해 주는 것이었다.

기자들 입장에서는 궁금할 수밖에 없었다.

창덕궁 좀비 게이트의 공략자.

마이스터 손이 만든 에어바이크의 주인.

윤동식이 차원통제청과 대립각을 세우면서까지 확보하려고 했던 정체불명의 헌터.

이렇게 강력한 존재감을 과시하고 있으니 신경이 쓰이지 않을 수가 없을 거다.

그중에서도 특히 석형우 기자는 냄새를 맡은 낌새를 보이고 있었다.

"뭔가 이상하다고 생각하고 있을 겁니다. 그러니 트집을 잡으면서 백십자 클랜과 마스터를 두들기는 거고요."

–괜히 나를 두들기고 있다?

"특별 인증 시험이 불합리하게 보인다면 차원통제청만 지적하면 될 일입니다. 그런데 지금 상황은 군이 윤동식 마스터를 끌어들여서 지저분하게 여론전을 만들려고 하지 않습니까? 분명히 의도가 있는 거죠."

–흐음…….

이건 윤동식을 두들겨서 그의 뒤에 숨어 있는 나를 까발리겠다는 의도였다.

욕먹기 싫으면 정체불명의 헌터에 대해 털어놓으라는 압박이었다.

"휘둘릴 필요는 없습니다. 어차피 먹을거리를 찾는 언론의 수작일 뿐이니까요."

나는 차분히 그를 다독였다.

하지만 베테랑 헌터는 오히려 피식 웃었다.

-아니, 그 녀석이 그렇게 나온다면 나도 가만있을 순 없지.

"……?"

이건 또 무슨 말일까?

"어떻게 하실 생각입니까?"

-허허, 자넨 그냥 지켜보면 돼. 노인네에게는 노인네의 싸움법이 있으니까 말이야.

노인네의 싸움법?

나도 제법 노인네인데 그게 무슨 싸움법인지 모르겠다.

하지만 어쨌거나 고개를 끄덕였다.

"알겠습니다. 그럼 저는 언론 쪽은 윤동식 마스터께서 대응해 주시는 걸로 알고 있겠습니다."

-그래, 그런데 말일세. 그보다 더 중요한 것이 하나 있어."

'더 중요한 것이라니……?'

이건 또 뭐지?

그리고 윤동식 마스터가 꺼내놓은 말은 나를 당혹시키기에 충분했다.

-이번 일로 청장이 자넬 주목하기 시작했다네.

"……!"

김서옥 청장.

대한민국의 모든 게이트를 관리하고 헌터들과 클랜들을 조율하는 차원통제청의 수장.

그 여자의 이름이 나온 것이다.

SSR급 20위권의 하이 랭커 출신인 차원통제청장은 가장 경계해야 하는 대상이었다.

혹시라도 내가 차원 역류에서 살아 돌아왔다는 것이 알려진다면…….

절대로 날 가만두지 않을 사람이었으니까.

'생체 실험 당하는 거 아냐?'

물론 현재로써는 그렇게 진행될 가능성은 전무했다.

그리고 윤동식은 최선을 다한 듯했다.

-나도 나름대로 자네에 대한 정보를 최소화했지만, 일단 그 창덕궁 게이트 건부터 벼르고 있었던 모양일세. 나한테 정보를 내놓으라고 하는 걸 나중에 주겠다고 간신히 무마해 둔 상황이야.

"……그렇습니까?"

-흠, 그런데 특별 인증 시험 건에서 언론들이 심하게 들쑤시고 있으니 스트레스를 심하게 받고 있을 테지? 허허, 조심해야겠어. 김 청장도 그렇지만, 보좌관 겸 대변인을 맡고 있는 유광명 헌터도 성질이 아주 더럽거든? 그 친구에 비하면 석형우쯤은 귀여운 수준이야.

나는 고개를 끄덕였다.

'그래, 그렇게 돌아가고 있단 말이지?'

시험장에 가면 공무원들이 나를 잡아내기 위해서 혈안이
되어 있을 듯했다.

각별히 조심해야겠다.

그러기 위해서는 해 둘 일이 하나 있었다.

언젠간 해야 할 일이기도 했고.

-아, 그러고 보니 내 딸이 의식을 찾았다네. 아직은 눈만 깜
빡거리는 수준이지만 말이야.

윤희원이 회복되었다는 소식.

"정말 잘됐네요. 축하드립니다."

-다 자네 덕분이야. 고맙네. 그럼 또 연락하세.

"네, 들어가세요."

다행스럽게도 의식을 되찾은 윤희원을 보러 가는 윤동식
과 전화 통화를 마치고.

"여보세요?"

나는 새로운 상대에게 전화를 걸었다.

그러자 명랑한 웃음소리가 나를 반겼다.

-오빠가 먼저 전화를 걸어올 줄은 몰랐네요. 잘 지내셨나요?

겨울공주.

난 그녀에게 올노운을 만나고 싶다고 말했다.

9월 22일.

경기도 남양주 모처.

십수 개의 컨테이너로 만들어진 임시 사무소들 사이로 공무원들이 부지런히 움직이고 있었다.

"서지연 주사! 그쪽은 준비 끝났어?"

"예! 끝났습니다!"

"행사 시작 10분 전! 전 직원은 자리를 지켜 주시기 바랍니다!"

200여 명의 마력 각성자들이 모여 있는 장내.

이곳은 바로 특별 인증 시험장이었다.

천마산 깊숙한 곳에 열린 A등급 게이트 '악몽 마녀의 얼음성'을 공략한 다음, 이를 이용하여 준비한 1차 시험의 장소였다.

갑작스럽게 이번 시험을 기획하고 준비한 차원통제청의 운영국 직원들이 부산스럽게 움직이고 있었다.

"박 차장, 지금 청장님 어디쯤 오셨는지 알아봐!"

"지금 들어오고 계신답니다!"

"슬슬 시작이군. 다들 청장님 심기의전에 만전을 다하도록!"

이번 특별 인증 시험에는 각계각층의 관심이 어마어마하게 집중되어 있었다.

특히 언론과 정치권에서는 꼬투리를 잡기 위해 안달이 나 있는 상태.

현장은 각종 기관과 클랜들이 파견한 직원들과 언론사의 기자들로 문전성시를 이루고 있었다.

무엇 하나라도 실수하면 말 나오기 딱 좋은 상황이었다.

그래서 차원통제청장은 승부수를 던졌다.

"과장님! 청장님 오십니다!"

"이쪽입니다, 청장님."

"네, 안녕하세요. 김서옥입니다. 행사 준비하느라 고생 많으셨습니다. 이쪽인가요?"

직접 시험장을 방문해서 자신의 존재감으로 시선을 모으며 잡음을 억누르는 것이다.

그런 김서옥의 행보는 사람들의 이목을 한껏 집중시키고 있었고.

무엇보다도 시험에 도전하는 참가자들에게 무척이나 특별한 감상을 불러일으키고 있었다.

'우와! 김서옥이 직접 왔잖아?'

'할머니 실물 포스 대박……'

'은퇴한 지 오래됐지만 1세대 헌터들 중에서 최강자로 불렸다지?'

눈을 떼지 못하고 김서옥을 바라보는 마력 각성자들.

전직 SSR급 랭커 출신에게 보내는 경외의 시선들이었다.

그러나 그중에는 전혀 상반되는 눈빛도 있었다.

'……정말 김서옥이 왔군. 여기서 죽일 수 있으면 좋을 텐데.'

경기도 평택에 클랜 하우스를 둔 '카오스' 클랜의 소속 헌터 나대형은 살의를 숨기며 김서옥을 노려보는 중이었다.

당장이라도 달려들 것 같은 스산한 눈빛.

'아니, 괜한 욕심은 금물이다.'

그는 애써 살기를 누르며 생각했다.

'우리의 대업을 이루기 위해서는 무엇보다 계획을 착실하게 밟아 나가야 한다고 하셨지. 나는 총수님의 말씀을 따라야 한다.'

검은 얼굴의 그 남자는 결코 평범한 참가자가 아니었다.

한국 내의 게이트 테러리스트 집단 중에서도 특히 강경파인 '혼돈파'의 일원.

나대형은 테러리스트로서 '해야 할 일'을 하기 위해서 시험에 참가한 요원이었다.

그가 숨기고 있는 목적…….

'이번 특별 인증 시험에서 사용될 저 얼음성 게이트를 망가뜨린다.'

제아무리 차원통제청이 공을 들인다 하더라도.

이 게이트는 절대로 통제할 수 없는 재앙이라는 사실을 한국 사회 앞에 똑똑히 보여 줄 것이다.

나대형은 목적을 달성하기 위해서 어떤 수단이든 동원할 생각이었다.

……설령 이곳에 모인 헌터들이 모조리 몰살당하는 한이 있더라도 말이다.

"안녕하십니까, 마력 각성자 여러분. 저는 차원통제청장 김서옥입니다. 이번 특별 인증 시험에 응시해 주신 모든 분들께 진심으로 감사의 말씀을 드립니다……."

김서옥 청장의 환영사와 함께 특별 인증 시험의 절차가 시작되었다.

"흐음."

참가자들 사이에 '완벽한 익명의 안경'을 착용한 최원호가 서 있었다.

그리고 '흐릿한 인상의 모자'를 쓴 최신우와 블랙핑거 클랜원들.

"우와, 이렇게 많은 헌터들과 한꺼번에 게이트에 들어가게 되다니. 이건 귀하군요……."

멍하니 중얼거리던 그녀가 최원호의 옆구리를 쿡 찌르며 속삭였다.

"오빠, 윤동식 마스터가 시험 내용에 대해서 뭐 귀띔해 준 거 없어?"

"그딴 거 없다. 헌터 인증 시험이 수학능력시험보다 빡세게 관리되는 거 모르냐?"

"에이, 그래도 힌트 같은 것도 없었다고?"

"윤동식 마스터도 시험 내용은 모른다더라."

"칫! 그나저나 아저씨가 윤동식 마스터가 오빠를 사위로 삼고 싶어 하는 눈치라고 하시던데, 진짜임? 그런 부잣집 사위가 될 기회는 많지 않으니까 잘 생각해 보라셨어."

"……사위를 남의 사위로 팔아넘기는 장인어른은 세상에 아저씨밖에 없을 거야."

그러자 최신우는 배를 잡고 킥킥거리기 시작했고.

"뒈진다."

"아야야!"

여동생의 볼을 세게 꼬집은 최원호는 가만히 시선을 들어 올려 김서옥 청장을 바라보았다.

멀리서나마 노파의 얼굴을 보니 새삼스레 조심해야겠다는 생각이 들었다.

차원통제청의 공무원들은 창덕궁 좀비 게이트의 범인을 잡아내고 싶어서 안달이 나 있는 상태일 것이다.

분명 여기 와 있다고 생각하고 있을 터.

'물론 꼬리 잡힐 일은 최대한 피했지만…….'

그래도 모를 일.

혹시라도 정체가 탄로 나지 않게 각별히 주의해야 한다.

목표는 간단했다.

'특별 인증 시험을 완벽하게 치르는 것.'

압도적인 1위로 통과할 것이다.

그리고 그 과정에서 누가 적이고 누가 아군인지 드러나게 만들 작정이었다.

신인류와 테러리스트들은 수면 위로 모습을 드러내지 않고는 못 배기게 만들어 줄 생각이었다.

"……그럼 지금부터 입장 시작하겠습니다. 사전에 배부된 순번에 따라 게이트 앞에 도열해 주십시오."

드디어 게이트로 입장이 시작되었다.

바로 그때였다.

"클로저스 클랜의 백수팀장 맞으시오?"

등 뒤에서 말을 걸어오는 묵직한 목소리.

'왔구나.'

기다리고 있었던 최원호는 가만히 주먹을 말아 쥐며 뒤로 돌아섰다.

이것은 올노운과 미리 맞춰 둔 계획의 시작이었다.

"……."

그런데 어쩐 일인지 나타난 상대의 표정은 똥이라도 씹은 것처럼 구겨져 있었다.

'뭐야? 이 녀석?'


　[권능 : '보름달 여우의 눈'.]

권능을 이용해서 그 표정의 의미를 읽어 낸 최원호는 입꼬리를 비틀었다.

'재밌네. 시작부터 이런 식이란 말이지?'

그렇다면…….

"야, 표정 안 펴?"

좀 갈구면서 시작해야겠다.

특별 인증 시험이 시작되기 이틀 전.

나는 삼청동 깊숙한 곳에 숨겨진 무진 그룹의 클랜 하우스로 향했다.

한때 왕의 친인척들이 거주하던 고풍스러운 기와집이 장엄한 기세로 펼쳐져 있었다.

이곳이 바로 무진 그룹의 본사였다.

"어서 오십시오. 기다리고 있었습니다."

나는 깍듯하게 고개를 숙이는 하얀 무복의 남자의 안내를 받아서 더욱 깊숙한 곳으로 들어섰고…….

곧 기와집의 주인과 마주할 수 있었다.

"오시느라 불편한 곳은 없으셨습니까?"

장검을 비스듬히 찬 올노운.

역시 언뜻 봐서는 평범한 청년처럼 보이는 그를 향해 나는 입을 열었다.

"잘 지내셨습니까?"

"조사단 일 때문에 눈코 뜰 새가 없지요. 그나저나 미리
한 가지 말씀드릴 게 있습니다."

"......?"

짧은 인사를 마친 올노운은 나에게 난감한 미소를 지어 보
였다.

"제 딸아이가 우리 대화에 끼어들고 싶어서 난리를 치더
군요."

겨울공주가?

"간신히 떼어 놓긴 했습니다만, 언제 쳐들어올지 모릅니
다. 갑자기 나타나더라도 놀라지 마십시오. 하하."

그 말에 나는 피식 웃고 말았다.

새삼 신기했다.

'이렇게 팽팽한 양반한테 말 만한 딸이 있다니.'

그럼 진짜 나이가 몇 살이라는 걸까?

생각할수록 상상력을 자극하는 일이다.

어쩌면 나만큼이나 놀라운 비밀을 숨기고 있을지도 모른다.

뭐 어쨌든.

올노운과 잠시 일상적인 이야기를 주고받은 뒤, 나는 이곳
을 찾아온 본론을 꺼내 들었다.

"일전에 말씀하신 그 반지 가격 말입니다. 제가 고민을 해

봤는데, 올노운 마스터께서 이렇게 해 주시면 어떨까 싶습니다."

"말씀하십시오."

"무진 그룹의 헌터들 몇 사람을 제게 넘겨주십시오."

"우리 헌터들을……?"

명경지수 같던 눈빛에 옅은 파문이 일어났다.

하지만 아주 잠시에 불과했다.

"흐음, 그 말씀은 동맹 간 이적을 해 보자는 말씀이십니까?"

과연 최강자답다.

살짝 장난을 쳐 봤는데 별로 당황하지도 않는군.

금세 침착해진 목소리에 나는 약간 아쉬움을 느끼며 고개를 끄덕였다.

"표면적으로는 비슷합니다. 무진 그룹과 클로저스가 동맹 협약을 맺진 않았으니 이걸 '동맹 간 이적'이라고 부를 수 있을지는 잘 모르겠지만요."

"……."

동맹을 맺은 클랜들 사이에서는 소속 헌터들을 주고받는 식으로 거래를 하는 경우들이 있다.

게이트 내부에서 얻은 정보들이 누설되더라도 상관없을 만큼, 견고하게 맺어진 동맹 관계에서만 가능한 일이었다.

하지만 나와 올노운은 그런 관계가 아니었다.

무엇보다 클랜의 체급이 너무 다르다.

그러므로 돌아온 대답은 단호했다.

"그건 불가능합니다. 다른 제안을 부탁드리겠습니다."

지극히 당연한 거절이었다.

'스포츠 선수들이나 직장인들이 그러한 것처럼, 헌터들의 이적에서도 가장 중요한 것은 본인들의 의사 결정이지.'

아주 어렵사리 국내 1위 클랜인 무진 그룹에 들어왔는데.

대뜸 마스터가 명령한다고 해서 듣지도 보지도 못한 무명 클랜으로 소속을 바꿀 헌터들은 아무도 없었던 것이다.

아마 클로저스가 아니라 이스케이프나 붉은손이 제안한다 더라도 옮겨 갈 헌터들은 거의 없을 것이다.

그만큼 무진 그룹의 명성은 압도적인 것이었다.

하지만.

"이건 단순한 이적 제안이 아닙니다. 무진 그룹 내부에도 숨어 있을 신인류의 끄나풀을 솎아 내는 작업이죠."

"……?"

눈빛으로 의문을 표하는 올노운.

나는 자세한 설명을 풀어놓았다.

"2군 이하의 클랜원들에게 이렇게 공지를 내려 주십시오. 이번 특별 인증 시험을 통과하는 클랜원들은 신인류 조사단 의 '특수무장조'에 배속시킬 예정이라고 말입니다. 특무조는 조사단의 기밀 업무를 다룰 것이라고 곁들여 주시면 더 좋겠 습니다."

"'특수무장조'라……? 아!"

잠시 머릿속으로 생각하던 올노운은 이내 나의 의도를 짚어 냈다.

"그런 공지가 주어진다면 누구보다도 첩자들이 지원하려고 하겠군요. 조사단의 중요 활동을 방해할 기회가 될 테니까요."

"네. 대신 제 지휘를 받아야 하게끔 표면적으로 이적 처리를 해 주시는 겁니다. 이 또한 미리 설명이 되어야겠죠. 클로저스 클랜의 마스터가 특무조장을 맡을 예정이니까 명령권을 주었다는 식으로 말입니다."

"으음."

천천히 고개를 끄덕이는 올노운.

문득 나를 향해 눈빛을 반짝였다.

"그런데 정말로 백수팀장님께서 특무조장을 맡으실 겁니까? 조사단은 아직 제대로 갖추어지지도 못했습니다만."

나는 피식 웃었다.

"그거야 지금 고민할 일이 아니잖습니까? 믿을 만한 헌터들이 추려진 뒤에 조사단 지휘부에서 결정할 일이죠."

하지만 올노운은 꽤나 진지한 눈빛이었다.

"만약 자원하신다면 내가 밀어드리겠습니다. 저희 협력 클랜들도 힘을 보탤 거고요."

"……."

믿어 주니까 고맙긴 한데.

솔직히 이 양반이 대체 나의 무엇을 믿고 이러는 건지 모르겠다.

어쨌거나 나는 설명을 계속했다.

"마스터가 그렇게 특무조 선발에 대한 이야기를 던져 주시면 완벽한 미끼가 될 겁니다. 특무조 선별에 대한 정보가 신인류 조직 전체에 공유될 확률이 크니까요."

"그렇군요. 그러면 이번 특별 시험은 자연스럽게 미끼 역할을 하게 될 테고……."

"우린 신인류가 심어 둔 첩자들을 적당히 정리하면서, 믿을 수 있는 헌터들을 가려낼 수 있을 겁니다. 동시에 실력 있는 신인 헌터들도 합류시킬 수 있겠죠."

"그렇군요."

올노운이 천천히 고개를 끄덕였다.

고민에 잠긴 표정을 보니 지금껏 숨겨 두었던 세월이 흔적이 얼핏 보이는 것 같기도 했다.

"그래서 동맹 간 이적이라고 표현하지 않으셨던 거군요. 전 백수팀장님이 장난을 하시는 줄로 알고 오해했습니다."

"……그렇습니까?"

사실 어느 정도는 장난이 맞았다.

나는 약간 뜨끔했지만 내색하진 않았다.

그리고 대답이 돌아왔다.

"좋습니다. 그렇게 하죠. 하지만……."

하지만?

"이것도 여전히 반지의 값어치는 아닌 것 같군요. 이건 조사단 업무잖습니까?"

그러면서 싱긋 웃는 올노운.

나는 내심 한숨을 내쉬었다.

'하, 이 양반 끈질기네.'

그깟 반지에 뭐 얼마나 대단한 값을 치르고 싶다는 건지 도무지 알 수가 없었다.

내 입장에선 뭘 달라고 요구하는 것도 난처해서 이걸 어떡하나 싶었는데…….

"마침 괜찮은 물건이 하나 생겼습니다."

"네?"

다행스럽게도 이번에는 올노운이 직접 가격을 매겨 주었다.

"제가 최근에 입수한 A등급 아티팩트를 하나 드리죠. 어떠십니까?"

"……A등급씩이나요?"

"예, 조금 망가진 상태로 입수해서 지금 수리 중인데, 제가 사용할 물건은 아니라서요. 특별 인증 시험에 참가할 녀석들 중 하나에게 맡겨서 보내 드리겠습니다."

그래, 정 그러고 싶다면 그래라.

"알겠습니다. 감사히 받겠습니다."

나는 그 아티팩트가 무엇인지 묻지도 않고 대충 고개를 끄덕였다.

올노운은 그게 재밌다는 듯이 또 싱긋 웃었다.

"부디 마음에 드셨으면 좋겠군요."

그리고 예고했던 대로 겨울공주가 난입하더니 커피를 마시자며 나를 졸라 대기 시작했고……

올노운이 무언가 의미를 알 수 없는 미소와 함께 사라지면서 그 자리는 마무리되었다.

⌖

올노운이 최원호를 위해 준비한 것은 한 자루의 활이었다.

지구에서는 볼 수 없는 신성한 거목의 가지를 잘라 만든 장궁.

〈블랙 포스〉

[무기][A등급] 영원한 낮에 휩싸인 세계의 영웅이 사용하던 검은 활. 신목의 힘을 이끌어 내면 불길을 찢고 가르며, 끝내 태양마저 쪼갤 수 있다는 전설이 담겨 있다.

효과 : 민첩 +4, 마력 +3

귀속 스킬 : 빛 부수기

아주 조금만 힘을 보탤 수 있다면 S등급으로 재평가가 되는 것은 기정사실과도 같은 아티팩트였다.

그런데 이걸 넘겨줘야 한단다.

"……."

'젠장, 아까워 죽겠군.'

블랙 포스를 구하는 것에 일조했고, 그것을 전달하는 역할을 맡은 무진 그룹의 2군 헌터 '곽승우'.

거대한 검을 찬 남자는 거친 인상에 어울리지 않게 아쉬움으로 입술을 씹고 있었다.

하지만 별다른 도리가 없었다.

올노운이 직접 내린 지시였으니 반드시 그대로 수행해야만 했다.

"뭣들 하고 있어? 다들 그 남자를 찾아."

"예, 선배."

곽승우를 비롯한 무진 그룹의 헌터 네 명이 움직이기 시작했다.

'안경을 썼고, 키가 크면서, 모자를 쓴 여자 옆에 있는 남자.'

그는 특히 허름한 장검을 차고 있을 것이라고 했다.

'……저기 있군.'

미리 받은 정보에 따라 최원호를 찾아낸 헌터들이 그의 등 뒤로 다가갔다.

그리고 조용히 입을 연 것이다.

"클로저스 클랜의 백수팀장 맞으시오?"

헌터들 중에서 최선임이었던 곽승우는 상대의 경지부터 가늠하기 시작했다.

'마스터 말씀으론 이 남자가 신인류 조사단의 특무조를 이끌 거라고 했는데……'

하지만 딱히 대단한 기도가 느껴지진 않는다.

그저 평범한 R2급 헌터의 느낌.

곽승우로서는 짜증이 확 치밀어 오르는 기분이었다.

'젠장, 이딴 녀석이 블랙 포스를 가져도 되는 거야?'

아니, 그보다도 특무조의 수장을 맡아도 괜찮은 건가?

이래서야 신인류라는 괴조직을 추적할 수나 있을까?

'빌어먹을. 도대체 무슨 생각들이지?'

그런데 상대가 입을 연 것은 바로 그때였다.

"야, 표정 안 펴?"

난데없는 시비조의 응답이 돌아온 것이다.

곽승우는 미간을 찌푸렸다.

"뭐요?"

"너, 그 표정. 아니, 너희 전부 다."

완익경으로 얼굴을 감춘 남자는 차가운 눈빛으로 곽승우와 무진의 헌터들의 얼굴을 가리키고 있었다.

"그 똥 씹은 표정들을 펴시라고. 평소에 올노운 마스터에게도 그딴 오만불손한 표정을 보여 주나? 이야, 몰랐는데 무진이 제법 기강이 느슨하구먼? 1위답게 여유가 있다고 해야 하는 건가?"

게다가 노골적으로 빈정거리기까지.

"……."

"……."

틀린 말은 아닐지도 모른다.

지금 그들은 표면적으로 무진 그룹에서 클로저스 클랜으로 이적된 상황이었다.

지휘권을 가진 마스터에게 어느 정도 예의를 갖추는 것은 당연한 일이었다.

하지만…….

'우리가 진짜로 이적한 건 아니잖아?'

'신인류의 이목을 속이기 위해 소속을 바꾼 거라고 들었는데.'

'이 새끼가 무슨 병신 같은 생각을 하고 있는 거야?'

전혀 예상치 못한 상황에 무진 그룹의 헌터들은 말문이 턱 막히고 말았다.

그나마 평정심을 되찾은 것은 곽승우였다.

"허허, 표정을 펴라니, 무슨 빌어먹을 착각을 하는 건지 모르겠군. 설마 형씨는 본인이 정말 우리의 마스터가 되기라도 했다고 생각하시는 거요?"

그는 콧방귀를 뀌며 상대에게 대꾸했다.

"엉뚱한 착각하지 마시오. 이건 특무조를 구성하기 위한 과정일 뿐. 그쪽은 우리의 마스터로부터 권한을 '빌린 것'에 불과하다는 말이오. 아시겠소?"

그렇게 말한 곽승우는 스스로 만족했다.

지금의 상황에 대해 아주 정확하게 정곡을 찔렀다는 만족 감이었다.

하지만 상대는 피식 웃었다.

자신의 말이 너무나 우습다는 듯이.

'웃어? 이게 웃겨?'

"이놈이 감히……!"

천장을 뚫고 치밀어 오르는 불쾌감에 곽승우가 이맛살을 잔뜩 일그러뜨린 그 순간.

움찔할 만큼 차가운 목소리가 되돌아왔다.

"빌린 권한은 권한이 아닌가? 그럼 뭔데?"

❧

"뭐냐고 묻잖아? 빌린 권한은 장식이야? 그럼 권한을 빌려준 사람은 뭐가 되는 거지? 사기꾼인가?"

내가 올노운을 사기꾼의 수준으로 끌어내려 보이자, 놈의 얼굴이 딱딱하게 굳어지는 것이 보였다.

나는 다시 한번 물었다.

"왜 대답이 없어? 갑자기 입이 무거워지기라도 했나?"

"……."

이 남자, 이름이 뭐라고 했더라?

'그래, 곽승우라고 했지.'

"곽승우 헌터. 2군에서도 꽤 촉망받는 헌터라고 들었는데. 실망이 크군."

그러자 얼굴이 벌겋게 달아오르는 남자.

뿐만 아니라 나는 모두를 호명할 수 있었다.

"유지영, 송대욱, 이진수, 대신 대답하겠나?"

나를 노려보던 헌터들의 눈동자가 흔들리기 시작했다.

동시에 각자의 생각들이 전해져 왔다.


─이 사람 뭐지? 뭔가 압도당하는 느낌이…….

─뭔지 모를 아우라가 있군. 생각보다 강한 것 같은데.

─이 새끼가 목소리만 깔면 다인 줄 아나?


오호, 내가 목소리만 깐다고?

"특히 이진수 헌터가 나에게 불만이 많은 표정이네. 그렇게 눈으로 욕하는 기술은 어디서 배웠어? 흥미로운데?"

놈의 표정이 와장창 일그러진다.

반대로 나는 빙긋 웃으면서 고개를 기울였다.

"내가 너희를 지휘하는 게 그렇게 마음에 안 들면 덤벼 봐. 기꺼이 붙어 줄 테니까."

즉, 힘의 논리.

"너희 중 하나라도 날 꺾는다면 군말 없이 수긍하지. 아, 당연히 특무조장 자리도 넘겨줄 거고."

"……!"

특무조장 이야기까지 나오자 헌터들의 표정에 묘한 긴장 감이 섞였다.


─한번 해볼 만할 것 같은데?


이진수라는 놈은 정말로 본인이 날 꺾을 가능성이 있을지 검토하고 있었다.

내가 마력과 퓨리 에너지를 최대한 갈무리하고 있다는 것을 모르고 있는 덕분이었다.

'웃기는 놈.'

나는 이진수의 얼굴을 노려보며 엄포를 놓았다.

"단, 날 이기지 못하거나, 덤빌 자신이 없다면 내 지휘권 에 도전하지 마. 반드시 후회하게 만들어 줄 테니까."

이건 진심이었다.

'설령 신인류나 테러리스트의 첩자가 아니더라도.'

만약 나에게 덤빈다면 자근자근 다져 버릴 생각이었다.

'올노운이 클랜원들을 이적시킨 게 괜한 짓이 아니거든?'

첫 번째 목표는 첩자들을 솎아 내는 것.

두 번째 목표는 첩자가 아닌 헌터들을 규합하는 것.

두 가지의 목표에는 하나의 전제 조건이 있다.

내가 이들을 완벽하게 장악할 수 있다는 확신이 있어야 가능하다는 점이다.

내 뜻대로 헌터들을 휘두르지 못한다면 첩자를 색출하고 아군의 신뢰를 사는 것은 불가능한 일이었다.

'더구나 무엇이 준비되어 있을지 모르는 특별 시험.'

저 게이트 안에서 최대한 상황을 통제할 수 있는 강력한 지휘권이 필요한 이유였다.

내가 내 권리를 제대로 사용할 수 없다면 아예 시작도 하지 않는 편이 나았다.

'내가 아니라 너희가 위험해질 거다.'

그러니 상황에 대비하고 본보기를 위해서라도 발본색원을 하는 쪽이 이로웠다.

"자, 어떻게 할까? 네 사람 전부 번호표 뽑을래?"

내가 가만히 고개를 기울이자 곽승우가 앞으로 나섰다.

그리고 고개를 숙였다.

"……죄송합니다, 마스터. 결례를 용서해 주십시오."

그때 곽승우가 떠올린 생각은 이러했다.

-틀린 말은 아니로군.

-아마추어도 아니고 괜한 분란을 일으킬 순 없지.

-여기서는 숙이고 들어가자.


이거 상당히 의미심장한 지점인데?

'여기서는 숙이겠다?'

그럼 여기가 아니면 숙이지 않을 수도 있다는 말이잖아?

'……곽승우도 스파이일 가능성을 배제해선 안 돼.'

내가 그를 가만히 노려보자 일제히 고개를 숙이는 무진 그룹의 헌터들.

"죄송합니다."

물론 그들의 정신 파장은 사죄와는 꽤나 거리가 있었지만 말이다.


-뭔가 있다. 조심해야겠어.

-힘을 감추고 있을지도 모르겠군.

-젠장, 이런 병신한테 고개를 조아려야 한다니.


아무래도 저 이진수라는 놈은 나한테 한번 덤비긴 할 것 같은데.

"……."

뭐, 일단은 숙이기로 결정했나 보다.

게이트 안으로 들어가면 곧바로 상황이 바뀔 수도 있을 것이다.

나한테 덤비면 본인 손해이겠으나 그것까지 책임져 줄 순 없었다.

'이만하면 할 만큼 했고.'

다시 원래의 목적으로 돌아갈 시간.

나는 곽승우를 향해 손을 내밀었다.

"이제 받을 것을 받아야겠는데? 올노운이 보낸 아티팩트를 주겠나?"

그러자 곽승우는 조용히 아공간을 열어서 그 물건을 건넸다.

"……블랙 포스입니다."

검은색의 장궁이 내 손바닥 위에 올려졌다.


〈블랙 포스〉

[무기][A등급] 영원한 낮에 휩싸인 세계의 영웅이 사용하던 검은 활. 신목의 힘을 이끌어내면 불길을 찢고 가르며, 끝내 태양마저 쪼갤 수 있다는 전설이 담겨 있다.

효과 : 민첩 +4, 마력 +3

귀속 스킬 : 빛 부수기


'오랜만에 보는 물건이군.'

야수계에서 레벨 70 무렵에 사용했던 장비 중 하나였다.

총 7점의 스탯 보너스를 부여하는 아티팩트.

귀속 스킬인 '빛 부수기'는 상대의 시야를 순간적으로 암전시킬 수 있는 교란용 스킬이었다.

"뭐, 나쁘지 않네."

"……."

내가 짧은 감상평을 내놓자 곽승우의 눈썹이 요란하게 꿈틀거렸다.

이렇다 할 정신 파장은 새어 나오지 않았지만, 고작 그 정도의 감상이냐는 눈빛이었다.

뭐 어쩌라고.

놀란 척 연기라도 해야 하나?

대신 나는 게이트를 향해 턱짓했다.

"앞장서. 슬슬 우리 순서가 됐으니까."

이제 특별 인증 시험을 치를 차례였다.

신인류의 옷깃을 움켜쥘 기회가 목전까지 다가와 있었다.

❦

"……무슨 놈의 시험이 이렇게 어려워?"

채윤기는 멍하니 중얼거리고 있었다.

용인 라미아 게이트에서 일련의 사건을 겪은 뒤, 그는 신인류 조사단의 정부 측 담당관으로 배속되었다.

신인류의 뒤를 캐고 있던 특수조사관들보다 더 많은 것을 경험했음을 인정받은 결과였다.

그런 덕분에 이번 특별 인증 시험에도 참관인 자격으로 들어올 수 있게 되었는데……

'차라리 B등급 게이트를 공략하라고 하는 게 낫겠군.'

특별 시험의 내용을 전해 듣고는 혀를 내두르고 있었다.

내심 걱정이 될 정도였다.

'백수현 그 자식도 탈락하는 거 아냐?'

자신의 눈앞에서 무지막지한 무위를 선보였던 최원호마저도 이 시험을 통과할 수 있을지 우려스러웠다.

시작 직전까지 모두에게 비밀로 유지되었던 시험의 내용은 이러했다.


1. 시험 장소는 보스 몬스터의 거처였던 '얼음성'이다.

2. 참가자들은 얼음성 내부에 숨겨져 있는 '얼음 수정'을 모아야 한다.

3. 얼음성 내부에서 참가자들 사이의 전투는 절대로 허용되지 않는다.

4. 시험 시간은 24시간으로 하며, 종료 시점에서 가장 많은 얼음 수정을 보유한 상위 25인을 합격자로 한다.

이게 끝이었다.

'싸우지 말고 얼음 수정을 찾아봐라.'

따로 메모할 필요가 없을 만큼 간단한 규칙이었고…….

게이트에 들어온 직후, 얼음성 앞에 도열하여 시험 내용을 전해 들은 헌터들 사이에서는 해 볼 만하다는 반응이 나오고 있었다.

"얼음성을 떠나지 않는다면 참가자들끼리 싸울 일이 없다는 거잖아?"

"좋아. 이게 밸런스지!"

"전투력만 강한 놈들에게 밀릴 일은 없겠군."

하지만 채윤기는 완전히 다르게 생각하고 있었다.

'아니야. 이건 오히려 전투력과 판단력 모두 극한까지 요구하는 미션이다.'

그 근거는 명확했다.

얼음성에 숨겨져 있는 얼음 수정.

이것은 일종의 마력석으로 얼음 속성을 띤 마력을 방출하는 효과를 가지고 있었다.

'스캐빈저 클랜들이 군침을 질질 흘리는 고위 마력석 중 하나.'

하지만 안타깝게도 어지간해서는 손대기가 어려운, 수지타산이 맞지 않는 광물로 취급되는 것이었다.

'이 얼음성은 얼음 수정의 마력으로 유지된다. 따라서 단

하나의 수정이라도 제자리를 벗어나게 되면 그것을 회수하기 위해 가디언 몬스터들이 리젠되기 시작하고……'

곧 기하급수적인 증가세를 보이며 헌터들을 공격해 오는 수순이었다.

예를 들어, 참가자들이 얼음 수정을 하나씩 찾아냈을 때 가디언 몬스터들이 한 마리씩 등장한다고 하면?

'두 개씩 찾아내면 네 마리. 세 개씩 찾아냈을 때는 아홉 마리. 네 개째는 열여섯 마리씩……!'

말 그대로 감당이 불가능한 숫자였다.

모두 A등급 몬스터들이니, 이제 R1급에 도전하는 참가자들에게는 결코 쉽지 않은 상대들이었다.

'다들 자연스럽게 가디언들이 없는 성 바깥을 오가며 활동하려고 할 것이다.'

하지만 그 경우에는 다른 참가자들과 전투가 벌어지는 것을 피할 수 없게 된다.

시험 감독관들이 주시하고 있으니 죽여서 빼앗는 일까지 벌어지지는 않겠지만, 필시 어느 정도의 전투는 묵과될 터.

결국 시험이 막바지에 이르게 되면 참가자들의 합종연횡과 넘쳐 나는 가디언들과의 사투가 벌어지게 되리라는 것은 자명한 일이었다.

당연히 눈 뜨고 보기 힘든 참혹한 광경일 것이며, 사상자 또한 상당히 나오게 될 것이다.

"후우우······."

깊은 한숨을 내쉰 채윤기가 장내를 바라보았다.

몇몇은 얼음 수정에 대해 알고 있는지 잔뜩 굳어진 표정을 짓고 있었지만, 대다수의 헌터들은 아직까지 상황을 제대로 파악하지 못한 채 무모한 전의를 불태우고 있었다.

그런 헌터들 사이로 확연히 눈에 띄는 존재가 있었다.

"흠······."

바로 '백수현'.

팔짱을 낀 채 무표정한 얼굴로 시험 감독관의 이야기를 듣고 있던 그는 채윤기를 향해 짧게 눈빛을 보내왔다.

동시에 살짝 손을 움직여서 수신호를 보여 주기도 했다.

그 의미는······.

'뭘 쳐다봐?'

"······."

저 성질머리 하고는.

채윤기는 그냥 피식 웃고 말았다.

라미아 게이트에서의 경험을 통해 최원호의 언행이 좀 거칠긴 해도 그가 꽤 다정한 성격이라는 것을 알게 된 뒤였으니까.

거기에 만렙에 도달한 야성 특성에서 우러나는 아우라가 더해지며 채윤기는 무의식적으로 '백수현'을 따르고 있는 상태였다.

조사관은 내심 고개를 끄덕이고 있었다.

'별로 긴장도 하지 않는 것 같군. 그만큼 자신 있다는 거 겠지.'

다소 마음이 놓이는 일이었다.

그리고 또 하나…….

'맞아, 무진 그룹에서 헌터들을 빌려 왔다고 했는데? 아, 저기 네 사람인가?'

채윤기는 블랙핑거 클랜을 통해서 대략적이나마 최원호의 상황을 전해 들은 상태였다.

'올노운을 설득해서 아군을 만들어서 올 줄이야.'

탁월하고도 영리한 한 수였다.

시험 후반으로 갈수록 얼음성 안에서 보내는 시간보다 바깥에서 보내는 시간이 길어지고, 무엇보다도 확실한 아군의 존재가 중요해질 터.

그런 의미에서 무진 그룹의 검객들은 확실한 카드가 되어 줄 수 있는 존재들이었다.

'틀림없이 큰 도움이 되겠지.'

사실 최원호의 노림수는 그보다 복잡한 것이었지만, 채윤 기는 거기까지는 알지 못했다.

그저 최원호를 비롯한 '아군들'이 조금이나마 도움을 얻을 수 있을 것이라는 예측과 안도감을 느끼고 있을 뿐.

하지만 그 예측과 안도감은 불과 1분 만에 산산이 부서지고 말았다.

"그럼 지금부터 시험을 시작하겠습니다—!"

선임 감독관의 선언에 따라 특별 인증 시험이 시작되고, 헌터들이 얼음성으로 들어가기 시작한 그 순간.

"……어이, 형씨."

턱.

이진수가 최원호의 어깨에 손을 올리며 하얀 이를 드러낸 것이다.

"아까 이야기, 아직 유효한 거요?"

"야! 이진수! 뭐 하는 짓이야!"

이진수의 돌발 행동에 곽승우가 눈을 부라렸으나 이진수는 아랑곳하지 하지 않았다.

"시험 시작하기 전에 나랑 한판 붙읍시다. 물론 말했던 대로 특무조장 자리를 걸고! 혹시라도 딴소리하면 재미없을 줄 알아."

시험 내용에 대해 들은 뒤, 머릿속으로 계산을 마치고 지휘권 투쟁을 신청해 온 것이다.

'흐흐, 이런 시험이라면 내가 1위로 통과하는 것도 가능한 일이야. 이 병신 같은 녀석이 방해만 하지 않는다면 말이지!'

호승심과 욕망으로 펄펄 끓고 있는 이진수의 눈동자.

"……."

잠시 그것을 바라보던 최원호는 빙긋 웃어 줬다.

"좋지. 당장 덤벼."

말이 떨어지기 무섭게 놈의 주먹이 날아들었다.

나는 피하지 않았다.

오히려 얼굴을 가져다 대는 것과 함께 '마도' 특성을 활성화했다.

마력이 확 일어나며 시스템 메시지가 눈앞으로 떠올랐다.

　　[스킬 : '디펜시브 스킨'.]

지정한 부분의 육체 방어력을 순간적으로 끌어 올리는 마법 기술.

그 마법이 발동된 순간, 상대의 레프트 훅이 번개처럼 날아와서 꽂혔다.

빠악!

얼굴이 살짝 돌아가며 가벼운 현기증을 일으켰다.

솔직히 기대 이상이었다.

하지만 대미지는 거의 없었다.

야성에 귀속된 권능 '늙은 바다거북의 등껍질'이 물리적인 타격을 근본적으로 튕겨 내는 기술이었다면……

마도 특성의 '디펜시스 스킨'이라는 스킬은 물리 공격 자체
는 허용하되 그 충격량을 분산시켜 최대한 무효화시키는 기
술이었다.

그러니 이 정도로는 내가 몇 대를 맞는다고 해도 쓰러져
줄 수가 없었다.

하지만 상대는 자신의 공격이 통했다고 생각했는지 잔뜩
신이 난 기색이었다.

"뭐야, 이 새끼? 별것도 아니잖아!"

빠아악!

"뇌가 흔들렸냐? 진짜 꼼짝도 못하네, 병신!"

놈이 킬킬거리는 것과 함께 이번엔 오른쪽 스트레이트가
눈앞으로.

퍼억!

"······."

피부가 강화되었더라도 안구는 여전히 취약한 급소였다.

그 때문에 이번에는 살짝 고개를 숙여서 이마로 받아 내는
기술이 필요했다.

그러나 놈은 여전히 자신의 주먹이 통한다고 생각하고 있
었다.

"형씨? 쫄았어? 쫄았구먼!"

내가 목을 움츠린 것을 보며 희희낙락하고 있었다.

"조금이라도 움직여 보라고! 무슨 통나무도 아니고! 크흐

흐흐!"

뭐, 그렇게 보일 수도 있겠네.

하지만 그다음부터는.

퍽! 퍽! 빠악!

"……?"

이내 뭔가 이상하다는 것을 깨달은 듯했다.

예닐곱 대를 연거푸 꽂아 넣었는데, 내 얼굴에 전혀 변화
가 없다는 것을 알아차린 것이다.

"뭐, 뭐야?"

멍청하게 중얼거리고 있었지만 그 속내는 조금 더 상황을
잘 파악하고 있었다.


  ─펀치가 전혀 소용이 없잖아?

  ─이 새끼가? 디펜시브 스킨을 쓴 거야?

  ─날 갖고 놀았어……?


그래도 상황 파악이 전혀 안 되는 건 아니네.

그나마 불행 중 다행이라고 할 수 있다.

나는 주춤주춤 물러서는 이진수를 바라보며 싱긋 웃어
줬다.

"다 때렸어? 근데 주먹이 좀 아파 보이는데?"

"……!"

순식간에 부어올라 호빵처럼 변해 버린 주먹을 보니 웃음을 참기가 쉽지 않았다.

놈이 내 어깨를 붙잡고 싸움을 걸어온 그 순간부터, 내가 궁금했던 것은 딱 하나뿐이었다.

'넌 뭐냐.'

이진수가 신인류일까?

아니면 테러리스트?

몇 대를 맞아 준 것은 그것을 가늠하기 위해서였고.

내가 내린 결론은…….

'아무래도 그냥 무모한 녀석이었던 것 같네.'

이진수라는 놈은 신인류나 테러리스트와는 관련이 없다는 것이었다.

다소 요란하게 느껴질 정도로 들려오는 정신 파장이 그 증거였다.


–말도 안 돼!

–내가 이렇게 농락당한다고?


때리고 또 때려도 내가 멀쩡히 서 있자 서 있으니, 이진수는 크게 당황해서 정신 방벽이 절반쯤 허물어진 상태였다.

아니, 그보다 좀 더 허물어진 것 같다.

―정말 이놈을 내가 마스터로 모셔야 된다는 거야?

―이러면 나가린데?

―이번 시험 1등은 내 거라고! 씨×!


'단순한 놈이네.'

시종일관 1등 자리에 대한 집착밖에 없었다.

그냥 승부욕으로 반쯤 미친놈이라고 보면 딱 맞겠다.

이건 당연히 신인류나 테러리스트의 자세와는 상당히 거리가 있는 정신 상태라고 할 수밖에 없었다.

뭐, 다행인가?

'싸가지는 없어도 첩자로 판명되는 것보다야 백배 나은 일이지.'

그리고 싸가지가 없는 것은 충분히 고쳐 줄 수 있는 문제였다.

"……조져 버리면 되니까."

"뭐라고?"

"내가 널 조져 버릴 거라고."

"이 새끼가!"

격차를 경험했음에도 애써 무시하며 달려드는 이진수.

이번엔 그 돌진의 방향을 슬쩍 돌려세우며 지나쳤다.

놈은 황급히 몸을 비틀고 무게 중심을 옮겨서 내 측면을 노렸지만, 나는 이미 로우 킥을 시작한 상태였다.

가볍게. 탁.

"헉!"

가벼운 타격음과 함께 땅바닥을 나뒹구는 상대.

질 거라는 생각은 조금도 들지 않았다.

지금의 나는 SR급 최상위권, 레벨로 따지면 60 내외의 헌터와 마주하더라도 밀리지 않는 수준이었다.

'무투든 마법이든, 뭐든.'

그러니 놈이 어금니를 바드득 갈며 칼을 뽑아 들었을 땐 오히려 좋았다.

"죽여 버리겠다!"

"응, 꿈은 클수록 좋지."

"닥쳐!"

나도 마침 주먹으로 패는 건 좀 시시하게 느껴지던 차였으니까.

쉬익!

예리하게 휘어지며 뻗어오는 곡도를 보니 이진수가 어째서 투쟁을 결심한 것인지 나름 이해가 되기도 했다.

"흠, 속도에는 자신이 있으시다?"

"죽어라–!"

흥분한 상태였지만 발놀림도 꽤 나쁘지 않다.

자신의 속도를 이용해서 치고 빠지는 전략으로 얼음 수정을 긁어모아 보겠다는 생각이었겠지.

'그렇다면 나도 속도전으로 가 볼까?'

치타의 권능은 사용하지 않는다.

이번에는 무의 특성을 이용해서……

[스킬 : '신묘발도'.]

검집 속에 있던 칼날을 벼락처럼 뽑아내며 그대로 내질렀다.

그러자 갑자기 고함을 치는 해청.

-오의! 사×의 노래!

'그건 또 뭔데?'

얼마 전에 알아낸 사실.

해청에게 이상한 유행어들을 전염시킨 범인은 바로 신우 녀석이었다.

밤마다 함께 텔레비전을 보면서 이런저런 것들을 가르친 모양이다.

뭐, 어쨌거나……

핏!

해청의 칼날은 빛살처럼 빠르게 상대의 얼굴을 스쳐 갔다.

아래에서 위로.

'될 수 있는 한, 중간 지점으로.'

〈신묘발도(迅猫拔刀)〉

　[스킬] 날렵한 들고양이의 앞발처럼 빠르게 검을 뽑아 공격하는 발도술.


　현재 마력의 총량이 부족하여 10단계 중 6단계까지만 사용할 수 있다.

　"컥!"

　하지만 그것만으로도 눈앞에서 번쩍이는 것을 느낀 이진수는 놀라서 얼어붙었고…….

　이어서 놈의 얼굴 한복판에서 피가 주르륵 흘러나왔다.

　콧구멍에서 나오는 코피가 아니었다.

　그건 코 자체가 좌우로 갈라지며 분리된 연골 사이에서 흘러나오는 핏물이었다.

　"으, 우, 아아악!"

　놀라서 엉덩방아를 찧은 이진수는 오줌까지 지리면서 비명을 질러 댔다.

　황천길에 한 발짝을 내딛었다가 다시 뺀 것이나 다름없으니 놀라는 것도 이해는 간다.

　'하지만 싸움이 끝난 건 아닐 텐데.'

　여기서 한 대 때려 주면 뭔가 깨닫는 게 있겠지?

　"정신! 차려!"

　짜악-!

나는 칼날의 방향을 바꾸어 검의 옆면으로 녀석의 뺨을 차지게 후려쳤다.

"끄허어억!"

그러자 왼쪽으로 튕겨져 나간 이진수가 뜻밖에도 눈알을 까뒤집으면서 기절하고 말았다.

"……음? 뭐야?"

이게 그 정도였나?

솔직히 그렇게 세게 친 건 아니었는데?

"아."

날아오는 칼날을 보면서 목을 베였다고 생각했나 보다.

"약골이네, 약골."

나는 머쓱하게 검을 회수했다.

곽승우에게 그 싸움은 미처 손쓸 틈도 없이 시작된 사고에 가까웠다.

"자, 잠깐!"

빠아악!

시험 개시와 동시에 시작된 일대일 대결은 주변의 이목을 끌어 모으기에도 충분한 것이었다.

"뭐야? 지금 시작하자마자 싸움난 거야?"

"그나저나 완전 일방적인데?"

"어이, 저거 무진 그룹의 복장이랑 비슷하지 않아? 내가 착각한 건가?"

"……."

개중에는 이진수의 복장을 알아보는 눈썰미 좋은 참가자들도 있었다.

명목상으로 그들은 무진 소속이 아니니, 클랜의 엠블럼은 미리 다 제거하고 왔는데도 말이다.

'젠장, 이게 무슨 꼴이야?'

이렇게 되면 아까 애써 고개를 숙인 것도 의미가 없어진다.

"이진수! 야, 이 새끼야! 그만하라고!"

하지만 씨알도 먹히지 않았다.

사실 이진수는 무진의 2군 헌터들 중에서 꽤나 문제적인 녀석이었다.

하나같이 무술 계통의 특성과 우직한 검술을 가진 검객들 사이에서 날렵한 쾌검을 장기로 삼고.

수단과 방법을 가리지 않고 적을 잔혹하게 찍어 누르는 전투 스타일 때문이었다.

그다지 알려져 있진 않았으나 이진수는 아마추어 복서 출신으로 급할 때는 주먹부터 나가는 성격이기도 했다.

그러니 근접 거리에서 시작된 싸움은 클로저스 클랜의 마스터 헌터에게 불리할 수밖에 없는 것이었다.

퍽! 퍼억!

'젠장. 그러길래 실력도 없으면서 왜 사람을 자극해?'

미처 말릴 새도 없이 머리가 홱홱 돌아가는 모습을 보며 곽승우는 속으로 끌끌 혀를 찼다.

명색이 마력 각성자니까 저 정도로 죽진 않겠지만, 정신을 차릴 수 없는 타격임은 분명했다.

그냥 말리지 말고 아주 박살이 나도록 내버려 둘까 싶기도 했다.

'그렇게 되면 정말로 특무조장 자리를 빼앗을 수 있는 건가?'

하지만 다음 순간.

"······뭐, 뭐야?"

"다 때렸어? 근데 네 주먹이 아파 보이는데?"

갑자기 전세가 역전되어 있었다.

'어떻게 된 거지?'

그리고 곽승우는 충격에 빠졌다.

이진수의 주먹이 아무런 소용도 없다는 사실을 확인한 탓이었다.

백수팀장의 눈빛은 평온했고 그 얼굴에는 아무런 흔적이 없었다.

오히려 꼴사납게 나자빠진 이진수가 검을 뽑아 들기까지 했으나 지극히 태연한 표정이었다.

몇 수 아래의 상대를 마주한 것처럼 말이다.

"죽여 버리겠다!"

"응. 꿈은 클수록 좋지."

그가 낡은 검의 칼자루로 손을 가져간 순간.

엄청난 속도로 칼날이 뿜어져 나오며 이진수의 얼굴 정면을 쓸어 냈다.

"……!"

오랫동안 검을 익힌 헌터들이었지만, 정말이지 눈이 휘둥그레지는 경지의 일검이었다.

'세, 세상에.'

'뭘 본 거지?'

'발도술? 하지만 직검 형태인데 어떻게……?'

어디서도 본 적 없는 엄청난 수준의 검격.

곽승우는 이진수가 틀림없이 죽었을 거라고 생각했다.

"으, 우, 아아악!"

하지만 녀석이 다리가 풀린 채 주저앉는 것을 보며 안도할 수 있었다.

곧바로 또 다른 충격이 기다리고 있었지만 말이다.

"정신! 차려!"

빠각ー!

호쾌한 타격음과 함께 이진수가 옆으로 고꾸라졌다.

눈알이 돌아가면서 실신해 버린 것이다.

상대를 검면으로 때려서 날려 버린 백수팀장은 잠시 턱을 긁적이더니 이렇게 중얼거리는 것이었다.

"약골이네, 약골."

……그럴 리가.

저렇게 맞으면 황소라도 쓰러질 게 분명했다.

'분명히 별것 아닌 느낌이었는데? 대체 뭐지?'

멍하니 상황을 지켜보던 곽승우와 헌터들은 황급히 이진수에게 달려들었다.

"야! 진수야! 괜찮냐?"

"아니, 솔직히 큰 상처는 아닌데……."

"지영아, 포션부터 줘."

코가 갈라진 부분에다 고급 회복 포션을 쏟아붓자 상처는 금세 아물었다.

하지만 이진수는 여전히 정신을 차리지 못하고 있었다.

"……."

"……."

찬물을 끼얹은 것처럼 조용하게 변한 장내.

얼떨떨한 시선들이 서로 엮이면서 상황을 파악하기 위해 애쓰고 있었다.

하지만 최원호는 칼끝에 묻은 피를 탁 털어 낸 뒤, 기름을 적신 천으로 그 부분을 닦아 냈다.

그리고 곽승우와 헌터들을 쳐다보았다.

"다음 순서 있어? 있으면 빨리 하자고."

그는 헌터들이 격앙된 타이밍을 이용해서 첩자의 가능성을 최대한 배제할 생각이었다.

하지만 그 태도는 무진 그룹의 헌터들에게 전혀 다른 감상을 불러일으키고 있었다.

여유로움을 넘어서 싸움을 기다리는 듯한 느낌이었으니까.

'와, 이거 자칫하면 똑같이 박살 나겠구나. 무섭네.'

'내 생각보다 더 엄청난 강자였군.'

'……일단 몸을 사려야겠어.'

헌터들 사이에 섞여 있던 '불순분자'마저도 섣불리 움직이지 말아야겠다고 생각했을 만큼 압도적인 무위였다.

"다음 순서는 없나 봐? 그럼 우리도 얼음성으로 들어가야겠네."

최원호가 어슬렁어슬렁 걸음을 옮기자, 무진 그룹의 헌터들은 황급히 이진수를 들쳐 메고 뒤를 쫓았다.

"저 괴물 같은 놈."

처음부터 그 모습을 지켜보고 있었던 채윤기는 헛웃음을 지으며 고개를 가로저었다.

이로써 모든 참가자들이 얼음성에 입장했다.


그리고 약 12시간이 흐른 뒤.

"역시 저놈은 괴물이야……."

채윤기는 허탈한 목소리로 중얼거리고 있었다.

시험의 양상이 너무나 일방적으로 흐르고 있었으니까.

"좀만 깎아 줘요……."

"안 돼. 돌아가."

시험에 참가한 모든 헌터들이 얼음 수정을 강탈당하는 중이었다.

물론 그 범인은 최원호였다.

"음, 달달하군."

⌄

……319개.

다른 참가자들이 스무 개가량의 얼음 수정을 얻었을 무렵, 내가 가지고 있던 개수였다.

그들은 나와의 경쟁을 일찌감치 포기한 상태였다.

내가 압도적인 1등이라는 것을 그냥 받아들인 것이다.

'생각보다 시험 내용이 쉽게 나왔어.'

사실 난 특별 인증 시험의 내용을 들었을 때부터 필승 공략법을 세워 둔 상태였다.

비결은 간단했다.

이미 모두 꿰차고 있는 덕분이었다.

'특별 시험의 무대인 이 얼음성의 구조, 기하급수적으로

리젠되는 가디언의 숨겨진 속성, 마지막으로 참가자들이 모아야 하는 얼음 수정의 특징까지.'

나는 처음부터 모든 요소들을 정확하게 알고 있었다.

아마 시험을 설계한 차원통제청의 공무원들보다 몇 배는 더 정확하게 알고 있을 것이다.

그래서 '통행료'를 걷기로 했다.

발품을 팔아서 얼음 수정을 채집하는 것이 아니라, 다른 참가자들에게서 얻어 내자는 생각이었다.

나도 이게 얼마나 얼토당토않은 소리로 들릴 것인지는 알고 있었다.

"통행료라뇨?"

"세, 세상에."

"마스터, 그래도 그건 좀……!"

"……."

이진수는 내 눈을 쳐다보지도 못했지만, 그래도 무진 그룹의 헌터들은 한마디씩 하면서 반대의 뜻을 표했다.

묵살하는 것은 너무나 쉬웠지만 말이다.

"내 지휘가 맘에 안 들어? 그럼 투쟁 걸어. 언제든지 받아 줄 테니까."

"……아닙니다."

지휘권 이야기가 다시 나오자 무진의 검객들은 순순히 고개를 숙였다.

여전히 내 눈을 쳐다보지 못하고 있는 이진수의 고결한 희생 덕분이었다.

이렇게 본보기가 되어 나를 도와주다니.

'짜식, 큰 뜻이 있었구나?'

그리고 나는 불과 2시간 만에 얼음 수정을 거두어들이는 구조를 완성시켰다.

첫 번째, 5층 폐쇄 구조로 되어 있는 얼음성 1층에서만 집중적으로 얼음 수정을 캐낸다.

두 번째, 점점 많아지는 가디언 몬스터들을 사냥하지 않고 최대한 방치하고 피해서 다닌다.

세 번째, 얼음성의 출구와 2층을 오가는 비밀 통로 세 군데를 개척한다.

준비는 이게 끝이었다.

다음은 돈 놓고 돈 먹기…….

아니, 수정 놓고 수정 먹기였다.

시험이 진행되며 참가자들은 서서히 상층부에 고립되기 시작했고.

난 그들에게 얼음 수정을 하나씩 받으면서 비밀 통로의 존재를 알려 주었다.

'체력이나 마력의 한계가 온 참가자들의 경우에는 수정을 한두 개씩 더 받고 출구까지 호위를 해 주기도 하고…….'

바깥에서 성안으로 들어오려는 헌터들에게는 다시 또 하

나의 수정을 받아 챙긴다.

'가디언 몬스터의 어그로를 끌어 길을 열어 주는 대가.'

얼음성의 가디언들은 본능적으로 다량의 얼음 수정을 가진 헌터를 뒤쫓는다.

즉, 무조건 나를 최우선적으로 쫓아오는 셈.

그러므로 길은 내 움직임에 따라서 열리고 닫히는 것이나 마찬가지였다.

그런 덕분에 나는 2층으로 올라갈 필요도 없이 그냥 앉아서 수정을 벌 수 있었다.

'거기에 적당한 속도로 시험이 진행되도록 컨트롤까지 할 수 있지.'

갑작스럽게 가디언 몬스터가 급격하게 많아지면서 참가자들이 위험에 처하는 것을 방지하는 효과까지 있었다.

물론 반발은 상당했다.

"이 어린놈의 새끼가! 어디서 못된 것만 처배워 와서!"

"헌터가 됐으면 협력을 할 줄 알아야지……!"

얼음 수정을 지불하기 싫다는 목소리들.

"야! 인마! 너 이렇게 해서 밖에서 무사할 것 같아?"

"너 내가 얼굴 딱 봐 놨어! 가만 안 둬!"

……몇몇은 내가 완익경을 착용하고 있다는 것조차도 모르는 모양이다.

어쨌거나 꽤 많은 수의 헌터들이 나의 수금 작전에 반기를 들며 무력행사를 시도했다.

하지만 소용없는 일이었다.

"멈추십시오. 얼음성 내부에서는 헌터들 간의 전투가 엄격하게 금지되었다는 것, 미리 공지했을 텐데요?"

얼음성 안에서 조금이라도 언성이 높아지면 어김없이 감독관들이 나타나서 제지했다.

이들은 가디언 몬스터들의 어그로를 무시하고 움직일 수 있을 만큼 고위 랭커들이었다.

용암 거인 게이트에서 만났던 주진환 정도의 존재감.

'대충 SR급 10위권 정도?'

하지만 그중에서도 한 사람은 아주 특별하게 강력한 존재감을 뽐내고 있었다.

나와 비슷하게 안면 인식을 방해하는 아티팩트를 장착한 거구의 중년 남성.

"……."

그는 말 한마디 없이 묵직한 기세로써 싸움닭 참가자들의 전의를 팍팍 꺾어 놓았다.

'최소한 SSR급 50위권이겠어.'

세븐 스타즈와 비교할 수는 없겠지만 윤동식 마스터 정도는 가볍게 찍어 누를 수 있는 수준이었다.

알려지지 않았을 리가 없다.

이게 과연 누구일까 싶었는데…….

"차원통제청의 2인자인 유광명 헌터다."

슬쩍 다가온 채윤기에게 그 정체를 전해 들을 수 있었다.

아니나 다를까, 내가 아는 이름이었다.

'미스터 머슬이란 말이지?'

그는 아주 잘 알려진 헌터였다.

유광명.

콜네임 '미스터 머슬'.

4년 전에는 클랜에 소속되지 않은 한국인 프리랜서 헌터들 중에서 가장 유명한 사람이었다.

마법과 무투 양면에 능숙한 데다, 무기 또한 가리지 않아서 혼자서도 게이트를 공략할 수 있는 만능형 헌터.

차원통제청의 2인자가 됐다는 것은 신문 기사로 봐서 알고 있었는데.

'여기 직접 나타나다니.'

언제부터 차원통제청의 2인자가 시험 감독관이나 맡게 됐을까?

아니면 내가 모르는 인력난이라도 있나?

이건 명백하게 불필요한 움직임이었다.

'분명 뭔가 다른 목적이 있는 거야. 그게 뭔진 모르겠지만.'

주의할 필요가 있겠다.

어쨌거나 유광명을 비롯한 차원통제청의 감독관들이 두 눈 시퍼렇게 뜨고 지켜보는 탓에, 헌터들은 나에게 불만이 있더라도 일단 물러설 수밖에 없었다.

하나같이 똑같은 이야기를 하면서 말이다.

"건방진 놈, 얼음성 바깥으로 나오기만 해!"

"내가 다리몽둥이를 두 짝 다 박살 내 주마."

"버르장머리를 고쳐 주지……."

꼰대들의 쉰내가 풀풀 풍기는 으름장들.

하지만 막상 얼음성 바깥에서 만났을 때는 다들 침묵하더라.

나한테 덤비는 것이 위험하다는 것을 깨달았기 때문이겠지.

"감사합니다, 헌터님! 덕분에 살았습니다!"

"아깐 정말 죽는 줄 알았거든요. 진짜 고맙습니다!"

일단 비밀 통로를 타고 목숨을 구한 참가자들이 나를 생명의 은인으로 대하고 있었고…….

"마스터, 3층에서 서른 개의 얼음 수정을 더 구해 왔습니다만."

"참가자들이 5층으로 진출하기 시작했습니다. 이번에도 협력해서 길을 뚫어 둘까요?"

무진 그룹의 검객들은 다른 참가자들의 선두에서 얼음성을 휘젓고 있을 만큼 강력한 무위를 뽐내는 중이었다.

그리고 어디선가 일군의 남헌터들을 포섭해서 동행하고 있는 신우와 블랙핑거 클랜원들까지.

'쟤들은 다들 입이 귀에 걸렸네. 좋을 때다.'

아무튼 내 편에 선 참가자들이 이렇게나 많았으니, 얼음성 바깥에 있더라도 나를 건드리는 것은 요원한 일이었다.

솔직히 좀 지루할 정도였다.

'그냥 몇 사람은 덤벼 줬으면 좋겠는데.'

다들 눈치는 빨라서 몸을 사리고 있었다.

비겁한 녀석들.

아무튼 그렇게 시간이 흘렀다.

시험이 시작된 지 약 16시간이 지났을 무렵.

"……이제 슬슬 때가 된 것 같은데."

나는 고개를 돌려 얼음성을 바라보았다.

그리고 다음 순간.

쿠궁!

지면을 때리는 둔중한 울림과 함께 얼음성 전체가 뒤흔들리는 것이 느껴졌다.

'그래, 2페이즈가 시작됐군.'

이번 시험의 설계자가 안배했을 두 번째 단계가 막을 올리고 있었다.

그리고 내 예상이 맞다면…….

'첩자들이 이제 모습을 드러낼 거다.'

시험 참가자들 사이에 정체를 감추고 있던 놈들이 드디어 나타날 것이라는 예측이었다.

쿠우웅……!

사방에서 굉음이 들려오고 있었다.

마치 이 얼음성이 전부 무너지기라도 할 것처럼 말이다.

"뭐, 뭐야?"

"뒤로 물러나! 어서!"

그 변화에 놀란 헌터들은 정신없이 우왕좌왕할 수밖에 없었다.

창문 하나 없이 수직으로 치솟은 탑 형태의 미로가 무너진다면 꼼짝없이 매몰되고 말 테니까.

하지만 남자는 달랐다.

'드디어 때가 되었구나.'

카오스 클랜의 N1급 헌터 나대형.

까만 얼굴의 남자는 번져 나오는 웃음을 꾹꾹 눌러서 참는 중이었다.

게이트 테러리스트로서 정체를 숨기고, 헌터들 사이에 섞여 평범한 시험 참가자인 척하고 있던 것도 이제 끝을 고할 차례였다.

그는 지금의 이 변화가 무엇을 뜻하는지 이미 알고 있었다.

'……얼음성을 지탱하고 있는 수정들이 50% 이상 제거되면 얼음성 전체가 변화할 거라고 하셨지.'

얼음성의 지하층이 개방되며 2페이즈가 시작되면 훨씬 더 많은 가디언 몬스터들이 쏟아져 나오게 된다.

이 변화 속에서 나대형이 노리는 것은 다름 아닌 디멘션 하트의 파괴.

그리고 그를 통해 이번 특별 인증 시험 자체를 비극으로 종결시키는 것-.

바로 이것이 테러리스트 분파들 중에서도 가장 극단적인 '혼돈파'의 일원인 나대형의 궁극적인 목적이었다.

'후후, 총수님이 내리신 지령만 충실히 따라가면 그리 어렵지 않은 일이다.'

게이트 테러리스트들의 총수는 이 특별 시험이 어떤 내용으로 치러질 것인지 미리 알고 있었고…….

얼음성의 중요한 비밀을 이용하여 자신들의 목적을 이룰 계획을 세워 두었다.

'이곳의 디멘션 하트는 게이트의 근원체이면서 가장 중요한 얼음 수정으로 작동한다지?'

얼음 수정이 얼음성을 지탱한다.

그중에서 가장 큰 역할을 맡고 있는 얼음 수정은 바로 디멘션 하트였다.

그만큼 중요한 아티팩트이기 때문에 지하 깊숙한 곳에 숨겨져 있는 상태이기도 했다.

그런데 그런 디멘션 하트가 제자리에서 뽑혀 나온다면 어떻게 될까?

  ―얼음성은 모래성처럼 파괴될 것이다.


 확신에 찬 총수의 메시지에 혼돈파는 즉시 움직였다.

 나대형은 자신의 행동에 추호도 망설임이 없었다.

 벌어질 비극에 대해 모르는 것은 아니다.

 오히려 정확히 알고 있었다.

 '분명 적잖은 헌터들이 매몰되겠지. 돌이킬 수 없는 비극
이 될 테고…….'

 하지만 이건 어디까지나 대를 위한 소의 희생이다.

 그들은 이 사건을 통해 세상을 일깨울 포부를 가지고 있
었다.

 게이트는 절대로 통제할 수 없다고!

 반드시 제거되어야만 하는 대재앙임을 만천하에 공포해야
만 했다.

 타탓―!

 지금껏 숨겨 두었던 모든 실력을 끌어낸 나대형의 신형이
얼음성의 지하를 향해 쏘아졌다.

 그리고 그는 자신의 뒤를 여섯 명의 헌터들을 감지할 수
있었다.

 피식 웃음이 나왔다.

'다들 빠릿빠릿하군.'

그들의 총회는 이번 대업을 위해 모든 계파를 동원했다.

주동 역할은 혼돈파에게 맡겼지만, 그가 실패했을 때를 대비하기 위해 중재파, 파괴파, 정의파, 분노파, 망각파까지 전부 호출한 것이다.

이렇게 테러리스트 여섯 개의 계파가 총집합했으니 대업이 실패할 일은 절대로 없다고 봐도 무방했다.

'그래, 반드시 성공한…… 어?'

달려가던 나대형은 뭔가 이상함을 느끼고 멈춰 섰다.

지금 자신의 뒤를 따라오는 헌터들.

'……왜 여섯 명이지?'

여섯 계파에서 형제들을 한 명씩 보냈다면 여섯 명이 맞다.

하지만 그중에 한 사람은 셈에서 빼야 한다.

'내가 혼돈파니까.'

그런데 뒤를 따라오는 헌터들이 여섯 명이라는 것은?

"씨×! 우리 중에 첩자가 있어!"

나대형이 뒤로 홱 돌아서며 칼을 뽑았다.

그의 눈동자가 빠르게 움직였다.

"저, 저놈!"

역시나 한 사람에게는 테러리스트가 가지고 있는 '증표'가 보이지 않았다.

"네놈은 뭐냐!"

칼을 겨누자 태연자약하게 대답이 되돌아오는 대답.

"쳇, 자연스럽지 않았나?"

찰칵, 찰칵, 찰칵.

철견을 장착하며 걸어 나온 최원호.

그가 어딘가를 향해 가볍게 손짓하며 말했다.

"금군 전원 소환."

그러자 붉은 무복을 입은 무사들이 일제히 허공을 찢으며 튀어나왔다.

솔직하게 말하자면…….

'여섯 명이 한꺼번에 움직일 줄이야.'

예상하지 못했다.

전혀 상식적이지 않은 움직임이었으니까.

'이 자식들, 뒷일은 생각도 안 하나?'

꼬리가 길어지면 잡힐 확률은 당연히 올라가는 법.

이런 일에서는 될 수 있는 한 최소 인원으로 움직이는 것이 당연했다.

그리고 신인류 조사단의 내부에 잠입하려 한다면 어떻게든 인원을 감춰 놓는 것이 당연한 일이었다.

'그런데 무려 여섯 명이나 동원했단 말이지?'

생각을 바꾸어 봐야 한다.

다수를 투입해야 했을 만큼 이 흉계가 중요하다는 의미인 동시에.

또 어딘가에 첩자들이 숨겨져 있다는 뜻일 수도 있었다.

'이놈들이 신인류인지 테러리스트인지는 모르겠지만…….'

일단 박살 낸 다음에 정보를 캐내 보면 확실해질 것이다.

나는 손을 뻗었다.

"금군 전원 소환."


[안내 : 저장되어 있던 소환수 '금군'이 재소환됩니다!]


붉은 무복을 갖추어 입은 호위 무사들이 허공을 뚫고 쏟아 져 나왔다.

-내금위장 3인……!

-변치 않고 부름에 응하였사옵니다!

-시들지 않는 충심으로 섬기겠나이다!

듬직하지만 그래도 아직은 4 대 6으로 수적 열세에 있다.

숫자를 맞춰서 놈들을 최대한 빨리 쓰러뜨려야 한다.

"형제들! 모두 모여!"

"당장 저놈을 죽여야 돼!"

"그게 아니지! 우선 방어 형태로!"

지금은 우왕좌왕하고 있지만 놈들이 대형을 갖추면 어떤

전투력을 발휘할지 모르는 일이었다.

'그러니까 최대한 숫자를 맞추자.'


　　[권능 : '화산 원숭이의 분신술'..]


칼을 뽑아 든 상반신 두 개가 유령처럼 돋아났다.

"허억!"

"저, 저게 뭐야!"

그래, 놀랐겠지.

내가 봐도 목조차 달리지 않은 분신들은 좀 으스스하게 보였다.


　　[안내 : 현재 경지가 매우 부족하여 권능의 일부만 사용할 수 있습니다.]


여전히 100% 위력은 발휘할 수 없지만, 어쨌든 숫자는 맞춰진 셈.

'간다. 해청.'

-응! 주인!

쉬익!

난 해청을 뽑아서 내던지는 것과 함께 놈들의 정면으로 돌진했다.

그리고 금군과 분신들이 내 뒤를 따르면서 무자비하게 휘젓기 시작했다.

난전의 개시.

만약 투항한다면 목숨을 살려 주겠지만…….

"대업을 지켜라!"

"소환술사부터 죽여!"

"크아악!"

여섯 사람 중 그 누구도 그럴 생각은 없어 보였다.

나는 눈을 가늘게 떴다.

'죽음을 불사하고서라도 나를 막아 보겠다?'

이들은 더운 피를 땅바닥에 뿌리며 결사 항전을 벌이고 있었다.

'대체 무엇을 위해서?'

내가 그렇게 의문을 가진 순간, 싸움의 판세는 순식간에 기울어졌다.

"컥!"

"허억……!"

내가 쏘아 보낸 해청의 칼날을 쳐 낸 놈이 분신체의 일검에 쓰러지고, 금군들의 합동 공격에 또 하나가 무너졌다.

"으웩!"

마력 소모를 조절하기 위해 철견은 아직 활성화시키지도 않았는데, 스피어 태클을 얻어맞고 속을 게워 내는 놈도 있었다.

그리 강한 축에 드는 헌터들이 아니었다.

'고작해야 N1급이나 R3급.'

최대한 힘을 합쳐야 간신히 나에게서 시간을 벌 수 있는 수준이었다.

하지만 그들의 선택은 그렇지 않았다.

"우, 우리가 막겠다!"

"혼돈파의 형제는 어서 달려!"

뒤에 있던 놈을 과감하게 이탈시킨 것이다.

동료들의 외침에 까만 얼굴의 남자는 뒤도 돌아보지 않고 달리기 시작했다.

저 깊은 지하를 향해서.

'……혼돈파라고?'

나는 방금 불쑥 튀어나온 외침을 되새기면서 해청에게 지시했다.

"저놈의 발목을 노려."

-알았어!

해청은 그것만으로 내 의도를 완벽히 이해했다.

자신의 해방 기능을 최대한으로 펼쳐서 도망치는 '혼돈파'의 발목을 베기 위해 날아갔다.

핏-!

"크윽!"

분명히 맞았다.

그런데 놈은 절뚝이면서도 달리기를 멈추지 않았다.

해청이 나에게 돌아올 마력조차 남기지 않고 자신의 검신을 던졌음에도 불구하고 버텨 낸 것이다.

**-쳇! 좀 얕았나 봐!**

그게 아니라면 놈의 집념이 그만큼 강한 것이겠지.

남은 두 사람이 다시 내 앞을 가로막았다.

"네놈이 뭔진 모르겠지만……."

"여긴 못 지나간다."

죽어서라도 혼돈파를 보내고 대업을 이루겠다는 의지.

동시에 마력 파장이 극단적으로 치솟는 것을 보니 이들은 마법 계열인 듯했다.

허, 이래서야 원…….

'내가 무슨 악당이 된 것 같잖아.'

대체 그 대업이란 게 뭐길래?

신인류로서의 대업? 아니면 테러리스트로서의 대업인가?

바로 그 순간.

"……아, 그래."

머리를 스치는 깨달음이 있었다.

"당연히 후자겠구나. 정말 당연한 거였어. 너흰 테러리스트야. 그렇지?"

돌아오는 응답은 없었지만, 나는 이들이 신인류가 아니라 테러리스트들임을 확신했다.

근거는 명확했다.

앞에서 두세 명을 쓰러뜨렸음에도 불구하고, 그 '무색무취의 마력'은 한 톨도 발견되지 않았고…….

'내 신성 스탯도 전혀 반응하지 않았어.'

심혁필, 고미정, 쥐 대가리의 경우와는 완전히 달랐다.

무엇보다도 너무 약했다.

하지만 목표를 위해서 수단과 방법을 가리지 않는다는 점에서는 위험했다.

혼돈파라는 놈은 이미 어둠 속으로 사라진 상태.

여기서 더 발목을 붙잡히면 정말로 곤란하다.

'사실 이미 늦은 것 같기도 하지만.'

……그래도 하는 데까진 해 봐야겠지.

이제 앞을 가로막는 놈들을 다 무시하고서라도 쫓아가야만 한다.

방법은?

'맞아. 상대가 마법사들이니까 이걸 써먹을 수 있겠네.'

나는 철견에 마력을 불어 넣기 시작했다.

츠츠츠…….

마력을 흡수한 철견이 피부에 밀착되며 옅은 공진을 일으키자 그와 동시에 떠오르는 시스템 메시지들.

[스킬 : '파동 흡수'.]

　[정보 : 지정된 방향으로 진행되는 모든 마법 충격을 흡수합니다.
주어진 한도를 초과하지 않도록 주의해야 합니다.]


　철견의 두 번째 스킬, 파동 흡수.

　손바닥을 펼치자 아티팩트 전체에서 두터운 마력장이 퍼
져 나오며 정면을 가로막았다.

　'이걸로 뚫는다.'

　일종의 방어막이었다.

　고정된 형태가 아니라 내 움직임을 따라온다는 점을 십분
이용할 생각이었다.

　'모두와 일일이 대거리를 할 시간은 없어.'

　그러므로 나는 땅을 박차고 정면으로 달려들었다.

　콰아아앙−!

　눈앞으로 쏟아지는 마법 포격은 제법 성대했다.

　폭발과 칼날의 두 속성이 상호를 보완하며 대미지를 밀어
넣는 영리한 공격이었다.

　그러나 나는 그 공격을 그대로 받아 내며 들어갔다.

　'나쁘진 않지만 마이스터가 만든 아티팩트의 방어벽을 뚫
기에는 역부족이고…….'

　무엇보다 내 마력의 총량을 넘어서지 못하는 공격이었다.

　"저리 비켜!"

"크악!"

나는 두 사람을 좌우로 쳐 내고 앞으로 내달렸다.

그리고 어둠 속으로 사라진 헌터의 기척을 추격하기 위해 금군과 분신들을 넓게 퍼트릴 준비를 했다.

이대로라면 놈이 디멘션 하트에 도달하기 전에 잡아낼 수 있을 듯했다.

하지만 바로 그 순간…….

"흐흐, 드디어 찾았군."

나에게 주어진 시간이 다 되었음을 깨닫고 말았다.

"……!"

뒷덜미가 찌릿할 정도로 강력한 기세.

그야말로 아닌 밤중에 홍두깨 같은 용권풍이 등 뒤를 덮친 것이다.

콰오오오오오-!

"이런."

나는 황급히 몸을 틀면서 파동 흡수 스킬의 방향을 돌려세 웠으나 그것도 조금 늦고 말았다.

난데없이 나타난 막대한 파괴력에 분신체들이 산산이 터 져 나간 것은 물론이고, 금군들마저 찢겨 나가고 있었다.

"전원 역소환!"

금군들은 명령에 따라 공간을 열고 모습을 감추었다.

'수복할 수 있는 손상일까?'

내심 궁금했지만 나는 감히 주의를 옮길 수 없었다.

새로운 적수가 등장했으니까.

그늘 속에 얼굴을 감춘 채 나를 향해 날카로운 투기를 쏘아 보내는 중년 남자.

"역시 너였군. 예의주시하고 있었는데, 어딜 갔나 했더니 여기서 이런 짓거리를 하고 있었어."

유광명.

차원통제청의 2인자가 우드득 목을 꺾으며 나에게 비릿한 미소를 보내오고 있었다.

나는 피할 수 없다는 것을 깨달았다.

이 남자와 싸워야만 했다.

'……가능할까?'

최원호를 노려보는 유광명의 목표는 분명했다.

'저놈을 생포해야겠어.'

창덕궁 좀비 게이트를 폐쇄시킨 범인.

놈은 분명 신인류와 연관이 있었다.

신인류의 움직임을 예의주시하던 특수조사국의 판단이었으며, 그밖에도 여러 정황들이 그렇게 가리키고 있었다.

사실 부산에서 놈이 나타났을 때부터 의심스러웠다.

'우연히 윤동식 마스터의 딸을 구해 줬다고?'

김서옥 차원통제청장은 그것부터 신인류의 노림수가 아니었을까 짐작하고 있었다.

 ─윤희원 양의 움직임을 이용한 것이 틀림없습니다. 어쩌면 오화악녀도 신인류의 끄나풀이었을지도 모르지요.

 그것은 윤희원이 용암 거인의 섬에 입장한다는 정보를 토대로 함정을 짜 놓고 윤동식 마스터에게 접근했으리라는 판단이었다.

 지나치게 공교로웠던 상황을 고려하면 충분히 설득력이 있는 가정이었다.

 하지만 어찌된 일인지 윤동식 마스터는 놈을 철석같이 믿고 있었다.

 ……대체 왜?

 김서옥과 유광명은 그것을 이해하기가 힘들었다.

'철두철미하기로 둘째가라면 서러울 사람이 윤동식인데 어째서? 단지 외동딸이 엮여 있기 때문에?'

 결정적인 차이는 다른 곳에 있었다.

 바로 손철만의 존재.

 차원통제청 측에서는 최원호의 배후에 마이스터 손이 있다는 사실에 확신이 없었다.

문제의 에어바이크에 대해서 오가는 이야기도 그저 신뢰할 수 없는 흥미 위주의 보도쯤으로 치부하고 있었다.

　이에 반해 윤동식은 손철만의 존재를 확신하고 있었으며, 최원호의 본명은 알지 못하더라도 진짜 얼굴만큼은 확인한 뒤였으니 그를 믿을 수 있었던 것이다.

　어쨌거나 유광명은 특별 인증 시험에 그 '범인'이 나타나리라고 확신했다.

　얼음성의 2페이즈가 시작된 직후, 헌터들의 힘이 충돌하는 것을 감지하고 곧바로 이곳으로 달려왔고…….

　지금은 자신과 청장의 생각이 정확하게 맞아떨어졌다고 생각하고 있었다.

　'금군 소환수와 신체의 일부만 분신으로 활용하는 정체불명의 기술까지. 그래, 저놈이 분명 창덕궁 게이트의 범인이야.'

　그리고 내심 놀라워하는 중이었다.

　자신이 상대의 경지를 제대로 읽어 낼 수 없다는 것을 알아차렸기 때문이다.

　'그렇다면 최소한 SSR급이라는 이야긴데……?'

　왜 이 시험장에 들어왔을까?

　그리고 어째서 이런 짓거리를 하는 걸까?

　'정말 세상이 파괴되기를 원하는 신인류라는 말인가?'

　……점점 더 궁금해진다.

"네놈, 이름이 뭐냐?"

"지금은 몰라도 됩니다."

"뭐? 지금은? 그러면 나중에는 알게 될 거란 뜻인가?"

"그렇겠죠. 싫어도 알게 될 겁니다. 난 다음 달에 당신의 경지를 뛰어넘을 예정이니까."

"뭐? 푸흐흐, 그거 재밌군!"

자신에게 전혀 주눅 들지 않는 상대.

"좋아. 그럼 질문을 바꿔 보지. 이번에도 그때처럼 디멘션 하트를 노리는 거냐?"

"아뇨. 이번에도 아니고, 그때도 아니었습니다."

"거짓말 마."

"……믿어 줄 것도 아니면서 왜 물어봅니까?"

"그럼 왜 여기에 와 있지? 그때 디멘션 하트를 파괴했던 건 우연이라고 우길 작정이냐?"

"그건…….."

"네놈이 이 아래에 디멘션 하트가 숨겨져 있다는 것을 어떻게 알았는지는 모르겠지만, 이번에는 절대 네 마음대로 할 수 없을 거다."

어쨌거나 유광명의 목적은 하나였다.

"투항해라. 그러고서 순순히 조사를 받아."

"……."

"그러면 다치지 않을 거라고 약속하지. 하지만 반항한다면 당장 불구로 만들어 주겠다. 네놈이 저 헌터들에게 그랬던 것처럼 말이야."

자신감이 넘쳐흐르는 목소리.

"반항하겠나? 그럼 넌 여기서 나에게 굴복한다. 결말은 그것뿐이야."

그와 함께 유광명이 저벅저벅 걸어오기 시작했다.

흡사 야생 곰 한 마리가 다가오는 듯한 위압감.

그리고 짐승만큼이나 상대의 이야기를 귓등으로도 듣지 않는 눈치였다.

'이래서야 테러리스트니, 혼돈파니 설명해 준다 하더라도 씨알이나 먹히겠어?'

결국 피할 수 없다.

"후우우……."

최원호는 가볍게 심호흡을 하며 자세를 바로잡았다.

싸워야 한다면 싸운다.

'어차피 디멘션 하트까지 가는 길에는 함정들이 있어서 그렇게 빠르게 주파할 수 없을 거다.'

그러니 일단 눈앞의 상대에 집중한다.

'절대 쉽진 않겠지.'

……유광명은 명실상부 SSR급 헌터.

야수계의 경지를 되찾지 못한 최원호에게는 아직 중과부적인 상대였다.

지구로 돌아온 이후로 가장 어려운 싸움이 될 터.

"……."

하지만 최원호는 물러서지 않았다.

질 거라는 생각이 없었다.

아니, 버렸다.

야수계의 수많은 게이트에서 사선을 넘나드는 동안, 최원호를 생의 길로 이끌어 주었던 것은 패배에 대한 두려움 따위가 아니었다.

오히려 패배 이후에 찾아올 허무와 분노.

그것을 원동력으로 삼아서 살아남았다.

이번에도 마찬가지였다.

그리고 다음 순간.

--!

소리 없는 충격과 함께 두 사람이 정면으로 격돌했다.

유광명의 오른손 정권이 상대의 정면을 노리고 쏟아졌다.

어마어마한 투기를 머금고 날아오는 주먹을 그대로 막는 것은 미련한 짓.

최원호는 공격을 바깥쪽으로 흘리며 안쪽으로 깊게 파고들었다.

'어딜!'

묵과할 수 없었던 중년인은 서너 걸음을 빠르게 물러나며 상대의 멱살을 움켜잡으려 했다.

잡히는 순간, 그대로 움켜잡아서 땅바닥에 꽂아 버리고 서브미션을 걸어 허리를 부러뜨릴 생각이었다.

하지만 상대는 미꾸라지처럼 기어코 공격 범위를 벗어나더니 오히려 비어 있는 옆구리를 노려왔다.

빠아악!

"······!"

통렬한 라이트훅이 유광명의 몸통에 꽂히며 꽤나 묵직한 타격음을 빚어냈다.

하지만 중년인은 아무렇지 않게 몸을 비틀었다.

오히려 힘을 실어 펀치를 꽂아 넣은 최원호가 일순 경직에 빠진 순간을 노려서.

그 역시 가드를 살짝 내리고 사선 아래로 묵직한 스트레이트를 쏘아 보낸 것이다.

"너무 약해!"

쿠우웅ㅡ!

둔중한 충격음과 함께 상대의 몸이 주욱 밀려 나갔다.

그 모습에 유광명은 눈을 가늘게 떴다.

'가드에 막히긴 했지만 그래도 꽤 잘 맞은 것 같은데.'

레벨 6의 무술 특성과 레벨 7의 강체(强體 : 육체를 강화함) 특성이 동시에 발현되었다.

분명히 힘은 충분했다.

하지만 유광명은 인상을 찡그리고 있었다.

밀려 나간 상대가 아무렇지 않게 다시 돌진해 왔으니까.

"이 녀석……."

눈앞에서 다시 한번 속임수 움직임.

그러더니 이번에는 왼쪽을 파고들면서 쏜살같은 로우킥이 쏟아져 왔다.

유광명은 그 일격이 자신의 애매한 밸런스를 정확히 노린 공격이라는 것을 깨닫고 적잖이 놀랐다.

'감각적이면서도 기민하군. 실수가 전혀 없어.'

그것은 가장 간결하며 효과적인 투로를 귀신같이 찾아내는 움직임이었다.

혹여 자신과 비슷한 힘을 가지고 있었다면 첫 교환부터 싸움이 끝나 버렸을지도 모를 만큼 뛰어난 선택이었다.

하지만.

"흥."

유광명은 자신의 승리를 의심하지 않았다.

그래 봐야 이 현격한 힘의 차이를 뒤집는 것은 불가능했으니까.

틱.

유광명은 가볍게 다리를 들어 올려 그 로우킥을 간단하게 받아 냈다.

"······큭!"

사람이 아니라 마치 철판을 때린 듯한 감각.

강체 특성에 귀속된 스킬 '금강체화'가 극한까지 발휘된 결과였다.

전투가 시작된 뒤로 내내 깊게 가라앉아 있던 최원호의 눈동자에 이채가 스쳤다.

그의 눈빛이 조금 변했다는 것을 읽어 낸 유광명.

"후후후."

조용히 웃음을 지은 남자가 씹어뱉듯 말했다.

"제법이지만 나를 격투술로 눌러 보겠다는 건 가당찮은 생각이야. 짬밥이 몇 년 차이고, 마력이 얼마 차이인데. 주제를 알아야 하지 않겠나?"

미스터 머슬.

유광명의 콜네임이자, 해외 클랜들이 그를 지칭하는 이름.

그 이름에 걸맞게 유광명의 장기는 신체 강화와 압도적인 무투술이었다.

다양한 무기도 다룰 줄 알고 마법 역시 꽤 괜찮은 수준으로 사용할 수 있지만, 역시 주특기는 몸으로 부딪치는 것.

'대인 격투 기술로만 따지면 세계 최고 수준에 도달한 사람이다.'

최원호 역시 그것을 알고 있었기에 최선을 다해서 투로를 물색하여 타격했다.

하지만 그것도 역부족이었다.

"자, 이제 내 차례다."

허리를 비튼 유광명이 손바닥을 휘둘렀다.

그러자 최원호의 몸이 휩쓸렸다.

——!

막대한 충격에 순간적으로 청력이 사라질 정도였다.

오른쪽에서 왼쪽으로 다가온 팔꿈치를 감지하고 재빨리 가드를 올려서 막았지만, 공격은 가드를 넘어 어깨를 후려쳤다.

'됐다.'

맥없이 밀려나는 상대를 뒤쫓으며 유광명은 씨익 웃었다.

아까는 분명하지 않았으나 이번에는 틀림없었다.

확실하게 대미지를 입혔다는 감각이었다.

"건방진 짓거리의 보답을 해 주마."

빛살처럼 쏘아진 유광명의 신형이 상대의 몸통을 재차 후려쳤다.

거구의 무게가 고스란히 실린 미들킥이 최원호가 도저히 피할 수 없는 각도에서 날아들었다.

쾅!

얼음성의 벽면에 그의 몸이 처박혔다.

그리고 스르륵 굴러 떨어졌다.

극도로 단련된 정강이가 최원호의 어깨에다 어마어마한 충격량을 때려 박은 결과였다.

"흐흐흐, 상쾌하군."

모처럼 일신의 파괴력을 전부 끌어내서 상대를 제압하는 것에 성공한 유광명은 만족스럽게 웃음을 지었다.

"그래, 마법도 좋지만 역시 싸움은 손맛이지."

"……."

"이젠 이름을 말할 생각이 생겼을 것 같은데? 싫으면 차원 통제청의 조사실에 가서 말해도 괜찮고."

상대는 아무런 대답도 내놓지 않았다.

유광명은 그 어깨가 부서졌으니 통증이 상당할 것이라고 짐작하고 있었다.

"그러길래 내가 말했잖나. 반항하면 불구로 만들어 주겠다고 말이야."

무에타이 기반.

어쩌면 선수 출신일지도 모르지.

'그 또래에서는 천재로 군림하며 챔피언을 거머쥐었을 지도 모르겠고…….'

하지만 여긴 차원이 다른 곳이다.

헌터들 중에서도 랭커, 특히 SSR급 랭커는 그 모든 천재들이 마력마저 갖추었을 때 도달할 수 있는 경지였다.

"링에서 싸우던 것과는 다르겠지."

유광명은 느긋하게 웃었다.

"그러길래 왜 반항을 해? 요령만 있다고 날 이길 수 있을 거라고 생각했나? 기본적인 힘의 차이를 알……."

바로 그때였다.

쉬이이익-!

벽에 처박힌 뒤로 죽은 듯이 쓰러져 있던 최원호의 몸이 별안간 튕겨지듯 일어나며 쇄도했다.

흠칫 놀란 유광명은 몸을 뒤로 뺄 수밖에 없었다.

'아직 힘이 남아 있었나?'

하지만 그래 봐야 기력의 차이는 극복할 수 없는 것이었다.

게다가 이미 어깨는 무력화되었을 터.

"……그렇다면 다리도 박살 내 주지!"

유광명의 손아귀에 마력이 모여들기 시작했다.


[스킬 : '혈취조'.]


이것은 상대의 뼈와 살을 그대로 뜯어내 버리는 강력한 힘.

유광명은 혈취조를 이용해서 상대를 단숨에 찢어발길 작정이었다.

"……."

그리고 놈은 이번에도 미꾸라지처럼 움직였다.

부서진 어깨를 움켜잡은 채 치명적인 범위 안으로 아무런 거리낌도 없이 들어온다.

　조금 느려진 것도 같았지만, 갈지자로 움직이며 영리하게 투로를 잡는 것은 여전했다.

　중년인의 얼굴에 비릿한 미소가 떠올랐다.

　'오히려 좋다.'

　그렇다면 일단 한 대 크게 맞아 주고.

　타이밍을 빼앗은 뒤에 후려치면 될 일이었으니까.

　'몸통, 허벅지, 아니면 머리.'

　유광명은 상대의 무에타이식 타격에 대비하며 혈취조를 사용할 준비를 했다.

　놈이 어떤 타격을 하든 한번 받아 준 뒤에 반격으로 때려 눕히면 된다.

　이번에는 분명 일어날 수 없을 것이라고 생각하며 유광명은 최원호를 맞이했다.

　하지만 상대가 닿을 듯이 가까워진 그 순간.

　"……?"

　유광명은 뭔가 이상함을 느끼고 얼어붙고 말았다.


　[권능 : '설원 검치호의 사냥술'.]


　상대가 날카로운 이빨을 드러내고 있었던 것이다.

위턱에서 돋아나 아래턱을 지나고도 더 내려오는 긴 송곳니.

"뭐, 뭐야?"

전혀 예상하지 못한 변화에 유광명은 아주 잠깐 경직되었고…….

"잡았다."

최원호는 그 틈을 완벽하게 활용했다.

채윤기는 시험 감독관들과 함께 얼음성 안쪽에서 시험 상황을 지켜보던 중이었다.

그러다가 문득 깨달은 것.

'뭐지? 백수현이 보이지 않는데?'

뭔가 불길함을 느낀 그는 서둘러 블랙펑거 클랜원들을 찾았다.

"죄송하지만 백수현 헌터가 어디 있는지 아십니까?"

"네……?"

4층에서 얼음 수정들을 찾고 있던 헌터들은 어리둥절한 표정을 지어 보였다.

채윤기는 말없이 기다렸다.

'숨기려 해도 소용없다.'

그는 관조 특성을 통해 거짓말을 판독할 수 있었으니까.

하지만.

"모르겠어요."

"어디 있겠죠, 뭐."


[정보 : 지금 눈앞의 상대가 진실을 말하고 있습니다.]

[정보 : 지금 눈앞의 상대가 진실을 말하고 있습니다.]


'……정말 모른다고?'

별다른 소득을 얻지 못한 채윤기는 얼떨떨하게 뺨을 긁적일 수밖에 없었다.

"으음."

분명 방금까지 1층에서 참가자들에게 신나게 뻥을 뜯고 있던 사람이 갑자기 어디로 간 것일까?

그런데 문득 최신우가 입을 열었다.

"채 과장님, 아까 큰소리가 한번 들리고 나서 가디언들이 많아졌는데, 이것도 시험의 일부인가요?"

그 질문에 채윤기는 잠시 생각에 잠겼다.

이걸 알려 줘도 괜찮은지 시험 규정을 떠올려 본 것이다.

"네, 시험의 일부입니다. 이상한 일은 아니니까 걱정하지 마세요."

"그래요……?"

하지만 어쩐 일인지 미심쩍다는 표정을 짓고 있는 최신우.

"왜 그러십니까?"

"음, 아무것도 아니에요."

아니라고는 했지만 사실 그녀는 못내 꺼림칙한 마음이었다.

자신의 통찰 특성이 반응하고 있었던 것이다.

[알림 : 특성 '통찰'이 심상치 않은 징조를 발견했습니다.]

최원호가 가진 야성 특성의 위험 예지 능력까지는 아니지만, 남매가 나란히 가진 통찰 특성에도 뭔가를 예측하는 기능이 있었다.

문제는 그것이 위험인지 기회인지 전혀 알려 주지 않는다는 것이었다.

특성 레벨이 올라가면 감각을 통해 어느 정도 알 수 있게 되지만 지금 최신우의 수준에서는 불가능했다.

'이게 뭘까? 위험 징후일까?'

아니면 뭔가 얻어 낼 기회?

지금으로써는 전혀 알 수가 없었다.

사실 내심 안일하게 생각하고 있기도 했다.

'뭐, 오빠가 있으니까.'

최원호와 함께 있는데, 설마 큰일이 나기야 하겠느냐는

생각.

하지만 최신우의 안일함에 거대한 지각변동이 일어나기까지는 그리 오랜 시간이 걸리지 않았다.

"다, 당신들 뭐야!"

"살인이야! 도망쳐!"

"끄아악! 살려 줘요!"

얼음성 5층에서부터 기이한 비명들이 터져 나오기 시작한 것이다.

놀랍게도 그것은 지하에서 사투를 벌이고 있는 이들과 전혀 관계가 없는, 제3의 사건이었다.

바로 신인류의 준동이었다.

'설원 검치호의 사냥술.'

내가 전개한 이 권능은 '처형자 재규어의 발톱'의 상위 호환이라고 할 수 있는 것이었다.

〈설원 검치호의 사냥술〉

[권능] 마나 또는 퓨리 에너지를 헌터의 육체 강화에 사용한다.

손발과 턱의 형태를 거대 검치호의 것으로 일부 변이할 수 있다.

언젠가는 한계를 드러낼 수밖에 없는 인간의 몸을, 잠시나마 맹수의 것으로 변이할 수 있는 권능.

'내가 개발한 고등 권능의 시작점이지.'

이로써 나는 북방 설원의 지배 종족이었던 검치호의 송곳니와 발톱을 갖출 수 있었다.

콰직!

입안으로 비릿한 피가 쏟아진다.

하지만 딱히 특별한 감상은 없었다.

그저 시끄럽다고 생각했을 뿐.

"크아아악!"

검치(劍齒)에 어깨를 꿰뚫린 유광명이 비명을 내지르고 있었다.

놈은 그러면서도 나를 집어던지기 위해 옷깃을 붙잡으려 했지만…….

'대형 고양잇과의 주 무기는 발톱이지.'

송곳니만큼이나 날카로운 발톱에 팔뚝이 쭉쭉 갈라지며 그저 버둥거릴 뿐이었다.

무너진 정신 방벽 너머로 혼란스러운 정신 파동이 들려오고 있었다.


　　-흡혈귀? 아니, 이건 짐승인가?
　　-설마 이대로 날 죽이려고……?

-그럼 정말 이 자식이 신인류란 말이야?

'죽을 위기에서도 별놈의 생각을 다 하고 있네.'

혼란스러운 것도 이해는 된다.

내내 무에타이 선수처럼 움직이던 나는 별안간 자세를 바꿔서 일직선으로 달려들었다.

마치 맹수의 습격이 그러하듯이.

여태껏 벌어지던 계산적이고 정석적인 타격 대결은 온데간데없어졌다.

주먹질이나 발길질 따위가 사라진 것 역시 당연한 일이었다.

상식의 궤를 벗어난 변화에 유광명은 어설프게 물러나며 제대로 대처하지 못했다.

빈틈은 딱 1초면 충분했다.

손끝에 머리채가 잡힌 순간, 더는 볼 것도 없었던 것이다.

'됐군.'

그대로 달려들어 놈의 어깨에다 송곳니를 박아 넣은 나는 머리를 마구 흔들어서 상처를 벌려 놓았다.

발톱에 걸린 팔뚝은 이미 걸레짝이 된 상태.

노림수가 제대로 먹혔다.

애초부터 검치호의 권능을 사용했다면 놈은 절대로 근접 격투를 허용하지 않을 것이다.

결과도 많이 바뀌었겠지.

'아마도 나의 패배.'

그러니까 이 승리는 기만과 인내를 통해 얻은 결실이랄까.

"커억."

바람 빠지는 소리와 함께 유광명의 버둥거림이 줄어드는 것이 느껴졌다. 마력 반응도 확연히 약해졌다.

더 반항할 수 없겠다고 확신한 나는 유명광을 놓아주었다.

"허어억."

넝마가 된 팔과 어깨를 감싸쥔 차원통제청의 2인자가 털썩 고꾸라졌다.

눈이 풀린 것을 보니 출혈이 커서 어지러운 모양이다.

"그러게 방심하지 마셨어야지."

"제, 젠장……."

"그리고 난 신인류 아닙니다. 믿어 줄지는 모르겠지만."

"……."

결국 기절했다.

"퉤."

입안의 핏기를 탁 뱉어 낸 나는 흡혈뱀의 권능을 사용할 준비를 했다.

SSR급 헌터가 적이라면, 치워 버릴 수 있을 때 치워 버리는 것이 최선일 것이다.

하지만 그게 국가 소속의 공무원이라면 이야기가 조금 달라진다.

'섣부르게 죽여서도 안 되지만 그보다는 내 편으로 만드는 게 더 나은 선택이야.'

마침 그런 상황이 갖추어졌으니 밑 작업을 좀 해 둘 요량이었다.

촤르륵—!

튀어 나간 흡혈뱀이 유광명의 목에다 이빨을 박아 넣고 연기가 되어 사라졌다.

나는 퓨리 에너지 에너지를 최대한 끌어 올리며 암시를 주입했다.


〈너는 나를 보지 못했다.〉

〈부상을 입은 것은 신인류와 전투를 벌였기 때문이다.〉


'내 생각보다 빨리 깨질 가능성이 있긴 해도, 일단 당장은 효과를 발휘할 거야.'

멍한 표정을 짓고 있는 유광명에게서 시선을 거둔 나는 다시 어둠 너머를 바라보았다.

'혼돈파라고 했지?'

아직 늦진 않은 듯했다.

디멘션 하트가 파괴되었다면 게이트가 폐쇄될 것이라는 메시지가 떴을 테니까.

그런데 바로 그때…….

"백수현! 여기 있었군!"

……이런.

채윤기가 나타났다.

"너 여기서 뭐 하는 거냐? 지금 위에서 난리가 났는……. 어? 뭐야? 유, 유광명 헌터님?"

이런, 제기랄.

피투성이가 된 남자를 어디다 감출 새도 없었다.

"이런 미친! 너, 너! 도대체 뭘 한 거야? 세상에! 이 사람들은 또 뭐고?"

녀석은 이번에도 가장 공교로운 순간을 정확히 맞춰서 나타난 것이다.

"야! 백수현! 너, 진짜 신인류냐? 말해 봐!"

아주 오해가 습관적이다.

나는 채윤기를 향해 한숨을 내쉬었다.

"야, 넌 정말 타이밍이…….."

"뭐!"

"됐다. 말을 말자."

"말을 하라고!"

"……."

음, 그래도 전후 사정을 들을 생각은 있는 모양이네.

함께 고생한 전적이 있어서인지 예전과는 달랐다.

"……유광명 헌터님이 먼저 공격하셨단 말이지?"

"그래, 내가 이 녀석들과 싸우는 것만 보고 오해한 거야. 그 탓에 죽을 뻔했다고."

"흐음."

내 설명에 채윤기는 반신반의하면서도 일단은 납득했는지 고개를 끄덕이고 있었다.

"모두 여섯 명이었다고 했나? 근데 여긴 다섯인데?"

"하나는 놓쳤어. 디멘션 하트를 노리고 있겠지."

"그럼 신인류일까?"

"아마 테러리스트들일 거다. 그때와는 좀 다르더군."

내가 대답하자 채윤기는 한숨을 푹 내쉬었다.

"젠장, 일이 꼬였네. 하나같이 이 타이밍을 노릴 줄이야."

"……하나같이? 그건 또 무슨 말이야?"

내가 의문을 표했지만 그는 일단 기다려 보라는 듯이 손바닥을 내보였다.

그러고는 한숨을 내쉬며 유광명에게 포션을 먹였다.

"앞뒤야 어쨌거나 유광명 헌터님은 차원통제청의 '공략보좌관'이다. 차장급 대우를 받는 2인자란 말이지. 이런 괴물을 어떻게 쓰러뜨린 거야?"

뭘 그런 걸 물어봐?

"최선을 다해서, 자알 쓰러뜨렸어."

"……그거 참 기똥찬 노하우로군."

녀석의 눈썹이 재촉하듯 꿈틀거렸지만 난 대답하지 않았다.

뱁새 따위가 황새의 날갯짓을 어찌 이해하겠나.

결국 포기한 채윤기는 한숨을 푹 내쉬었다.

"아무튼 일이 커질 텐데. 감당할 수 있겠어?"

뜻밖에도 날 걱정하는 눈치.

물론 난 빙긋 웃어 줬다.

"걱정 마. 유광명은 날 기억하지 못할 테니까."

"널 기억 못 하실 거라고? 뭘 어쨌길래?"

"너무 깊게 알려고 하진 말고."

흡혈뱀의 기생충을 심어 두었다고 이실직고할 수는 없잖
아?

"……"

채윤기는 다시 눈살을 팍 찌푸렸다.

뭔가 더 물어보고 싶은 눈치였지만 이내 고개를 가로저
었다.

"그래, 뭐 네놈은 처음부터 상식적이지 않았으니까. 그리
고 어차피 지금은 더 큰 사건이 벌어져서 감독관들의 신경도
분산된 상태다."

"더 큰 사건?"

"방금 터진 일이야."

유광명의 상처를 지혈하고 포션 먹이기를 마친 채윤기.

당혹스러운 이야기가 흘러 나왔다.

"얼음성 5층에서 헌터들 간에 살인 사건이 벌어졌다. 그것
도 열다섯 명이 동시에 죽었어."

……뭐?

"고작 얼음 수정을 빼앗으려고 학살을 일으켰단 말이야?"

"아니, 그게 아니었어."

"그럼?"

"그놈들은 사람을 쥐어짜고 있다."

"쥐어짠다니? 대체 어떻게?"

내가 되묻자 채윤기의 표정이 어두워졌다.

그는 어둠 속을 둘러보며 조용히 대답했다.

"있는 힘껏. 피와 마력 모두를 짜내서 어딘가에 옮겨 담고
있다는 말이다."

'피와 마력……?'

"심지어 감독관들마저 두 명이나 당했어. 현재는 시험 중
지가 선언된 상태로 전투를 앞두고 있다."

'그리고 이해할 수 없을 정도로 강력한 힘.'

난 그 키워드와 밀접한 집단을 알고 있었다.

"……신인류로군."

"맞아."

그놈들이 5층에서 움직이기 시작한 것이다.

나는 다급히 되물었다.

"블랙핑거 클랜원들은 어떻게 됐지? 다들 무사해?"

어디로 튈지 모르는 적의 등장에 혈육부터 생각나는 것은 어쩔 수 없는 일이었다.

다행스럽게도 채윤기는 고개를 끄덕였다.

"다들 얼음성 바깥으로 대피했으니 걱정 마라."

"하, 그건 다행이군."

그렇다면 다시 본론으로 돌아가서.

5층에서 신인류가 움직이고 지하층에서 테러리스트들이 움직이고 있는 상황은 무엇을 의미하는 것일까?

단순한 우연?

공교롭게 타이밍이 겹쳤다?

'……아니야, 그럴 리가 없지.'

테러리스트들은 얼음성을 지탱하는 얼음 수정이 시험 내용이라는 것을 알고, 디멘션 하트가 드러나기까지 기다렸다가 움직였다.

이건 시험 내용 자체가 바깥으로 누출되었다는 이야기와도 같았다.

그럼 이런 가정을 해 볼 수도 있는 거다.

　

　－테러리스트들이 차원통제청의 계획을 알고 있었던 것

처럼 신인류가 테러리스트 집단의 계획을 알고 있었다면?


'그리고 신인류가 그 계획을 이용하려 했다면, 타이밍이 겹친 것도 정확하게 설명할 수 있어.'

애초부터 큰 그림이 있었다고 가정하면 전부 깔끔하게 맞아떨어지는 것이다.

그리고 바로 그때.


[알림 : 특성 '야성'이 직관을 발휘하고 있습니다. '알 수 없는 위험'에 주의하십시오.]


게이트가 초기화될 때마다 떠올랐던 야성 특성의 위험 경고가 떠올랐다.

'설마 이번에도?'

장담컨대 이건 절대로 우연이 아니었다.

아주 철저하게 의도된 변화들이었다.

그렇다면…….

'이 큰 그림의 궁극적인 목표는 뭘까?'

난 그것을 어렵지 않게 유추할 수 있었다.

이미 알아낸 내용이었으니까.

"……차원 역류."

라미아 게이트에서 그 쥐 대가리를 붙잡아서 정보를 캐냈을 때, 나는 그 '예언자'라는 놈의 목표가 게이트를 역류시키는 것에 있음을 확인했다.

하지만 그 비결이 무엇인지는 알지 못한 상태였는데.

'혹시 그게 디멘션 하트를 이용하는 거였나?'

디멘션 하트와 차원 역류가 서로 관련이 있는 것이라면 두 집단의 연쇄적인 움직임도 설명될 수 있었다.

'그렇군.'

머릿속을 떠다니던 조각들이 차곡차곡 맞춰지는 느낌이었다.

신인류의 '예언자'가 일으키는 차원 역류의 비밀을 여기서 알아낼 수 있을지도 모른다.

하지만 그 단서는 이미 어둠 속으로 사라진 상태.

"흐음."

제 동료들에게 '혼돈파'라고 불리던 테러리스트는 이미 너무 멀어지고 말았다.

채윤기가 끼어들면서 시간이 지체된 탓이었다.

'어쩐담? 뭔가 방법이…….'

그때 내 눈에 들어온 것은 응급조치가 끝난 유광명이었다.

아직 의식을 찾지 못한 SSR급 헌터.

"……는 아주 좋은 에너지 공급원이죠. 제가 한번 이용해 보겠습니다."

"음? 뭐, 뭐냐? 왜 그래? 뭘 하려고!"

내가 유광명을 향해 저벅저벅 다가가자 채윤기가 당황했다.

하지만 나는 채윤기의 엉덩이를 걷어차며 구박했다.

"저리 꺼져! 이건 네놈 때문이니까!"

"크악!"

어차피 해가 될 일은 아니다.

'단지 힘을 빌리는 것일 뿐.'

유광명의 거구를 들쳐 멘 나는 서둘러 움직이기 시작했다.

거리가 좀 벌어지긴 했지만 이 아저씨를 이용하면 충분히 따라잡을 수 있다.

[안내 : '흡혈뱀의 기생충'이 명령을 수행합니다.]

[정보 : 피술자의 무의식에 개입하여 악몽을 유발합니다.]

[알림 : 격렬한 분노에 의해 퓨리 에너지가 충전되고 있습니다!]

그리고 아주 많은 것을 알게 될 수 있을지도 모르겠다.

신인류, 예언자, 테러리스트, 혼돈파.

대체 뭘 숨기고 있는 것일까.

"……."

-주인! 여기! 나 데리고 가야지!

아, 미안.

나대형은 다리를 절룩이며 앞으로 걸어갔다.

얼음성 지하 2층에는 적잖은 함정이 숨겨져 있었지만 조직은 공략법을 알려 주었다.

그 덕분에 목적지까지 수월하게 도달할 수 있었다.

'좋아. 이제 곧 나타난다. 이대로 디멘션 하트를 부수기만 하면……!'

직접 대업의 한 조각을 이루게 될 것이다.

덜컹!

얼음 복도 끝에 있는 거대한 문을 밀어젖힌 순간.

"오오!"

나대형은 환호성을 내질렀다.

얼음으로 만들어진 테이블 위.

십수 개의 얼음 수정들 사이에 아주 정교하게 세공된 특별한 보석이 하나 놓여 있었으니까.

디멘션 하트.

게이트의 근원이자 신비한 마력을 품은 결정체가 나대형을 기다리고 있었다.

"드디어……!"

감격에 찬 까만 손이 보석을 낚아챘다.

그리고 아주 잠시 만지작거린 뒤.

콰직!

거침없이 박살 내 버렸다.

'됐다. 됐어!'

나대형의 입가에 만족스러운 미소가 떠올랐다.

그리고 그 미소는 함지박만한 큰 웃음으로 변했다.

"으하하하하!"

단단히 잘못 돌아가고 있는 이 세상에 후려칠 죽비를 직접 만들어 냈다는 쾌감이 그를 사로잡았다.

이제 게이트가 폐쇄되었다는 메시지가 뜰 차례였다.

그러면 모두가 깨닫게 될 것이다.

'차원통제청조차도 게이트를 통제할 수 없다는 것을 말이야!'

하지만…….

"음?"

나대형은 묘한 침묵이 내려앉는 것을 느끼며 불길함을 느끼고 있었다.

어찌된 일인지 게이트 폐쇄 메시지가 등장하지 않고 있던 것이다.

'뭐지? 왜 그대로지?'

이해할 수 없었다.

디멘션 하트를 파괴하면 게이트가 폐쇄되는 것은 당연한 상식이었으니까.

그런데 왜?

누군가 나타난 것은 바로 그 순간이었다.

"형제여! 뭘 하는 겁니까? 어서 대업을 완수하십시오!"

"……!"

벼락같이 고함을 치는 음산한 목소리.

깜짝 놀란 나대형이 뒤로 돌아섰다.

그리고 멍하니 중얼거렸다.

"초, 총수님? 총수님이십니까?"

말은 그렇게 했지만 눈앞에 나타난 것은 사람이 아니었다.

시커멓게 보이는 그림자.

소녀처럼 작은 체구의 인영(人影)이 남자를 향해 가만히 일
렁거리고 있었다.

하지만 서릿발 같은 기력과 악령처럼 섬뜩한 목소리는 몹
시 익숙한 것이었다.

"그렇습니다. 나요."

바로 테러리스트 조직의 총지휘자에게서 지령을 받을 때
마다 마주한 것이었다.

"총수님께서도 이번 게이트에 들어와 계셨다니, 몰랐습
니다."

"지금 그게 중요한 게 아닙니다."

그림자는 날카로운 목소리로 나대형에게 명령했다.

"뭘 하는 겁니까? 어서 디멘션 하트를 파괴하란 말입니다!"

"그, 그게……."

하지만 나대형은 당황스러울 수밖에 없었다.

일단 총수가 이 게이트에 있는 것도 당황스러웠지만.

"제가 이미 부쉈는데 여기서 뭘 더……."

자신은 분명 디멘션 하트를 파괴한 참인데 자꾸 그걸 파괴하라고 하니 어안이 벙벙했던 것이다.

"하트를 부쉈다고?"

그림자의 물음에 나대형은 한숨을 내쉬었다.

그리고 손안에 남은 잔해를 들어 보이며 항변했다.

"자, 보십시오. 이렇게 가루가 됐잖습니까? 벌써 파괴했다니까요?"

그러자 그림자는 이상하다는 듯이 고개를 기울였다.

그리고 이렇게 중얼거리는 것이었다.

"이런, 환각에 당했군."

……환각? 무슨 환각?

"자, 보시오."

총수의 그림자가 팔을 펼친 순간.

쩌적!

균열이 일어났다.

마치 종잇장이 찢기는 것처럼 공간에 실금이 번져 나가기 시작한 것이다.

이윽고 산산이 부서지는 허공.

"이, 이게 뭐야?"

멍하니 얼어붙어 있던 나대형은 화들짝 놀라고 말았다.

방금 손바닥으로 디멘션 하트를 짓뭉개 부수어 버렸다.

분명 그랬는데…….

'뭐야? 이건 그냥 얼음 수정의 파편이잖아?'

문득 정신을 차려 보니 디멘션 하트의 잔해가 아니라 얼음 수정의 잔해를 쥐고 있었다.

정말 이게 환각이었단 말인가?

'그러면 진짜 디멘션 하트는?'

뒤를 돌아본 순간, 나대형은 다시 소스라치게 놀랄 수밖에 없었다.

"허억!"

"……."

웬 남자가 입을 꾹 다문 채 테이블에 걸터앉아 있었으니까.

나대형은 귀신을 만난 기분이었다.

"너, 너는 아까 그……!"

얼음 테이블 위에 앉아서 무심한 얼굴로 디멘션 하트를 만지작거리고 있는 남자.

"그래, 내가 아까 걔다."

최원호였다.

"어, 어떻게?"

그것은 많은 것이 함축된 질문이었다.

어떻게 자신을 앞질렀는지.

또 어떻게 보이지 않게 거기 앉아 있는지.

마지막으로 어떻게 얼음 수정을 디멘션 하트로 보이게 하는 착각을 일으켰는지.

나대형은 그 어느 것도 짐작할 수 없었다.

"어, 언제 어떻게 나한테 환각을 쓴 거지?"

"……."

상대에게 그럴 필요도 없지만, 이건 친절하게 설명해 줄 수 있는 과정이 아니었다.

기절한 유광명의 정신을 흡혈뱀의 기생충으로 건드려서 악몽을 꾸게 만드는 것이 첫 번째 단계였다.

무의식적인 분노를 유발한 것이다.

'야성은 타인의 분노도 흡수해서 사용할 수 있으니…….'

최원호는 잠자는 유광명의 분기(憤氣)를 연료로 삼아 권능을 사용할 수 있었다.

유광명은 치타의 질주를 마음껏 사용할 수 있을 만큼 훌륭한 보조 배터리가 되어 주었다.

그 덕분에 아슬아슬하게 나대형을 따라잡을 수 있었다.

그렇게 놈의 뒤를 붙잡은 순간.


[권능 : '천국나비의 환술'.]

최원호는 환영을 일으키는 권능을 아낌없이 쏟아 냈다.

나대형으로 하여금 자신을 발견하지 못하게 하고, 디멘션 하트가 놓인 얼음 테이블에 환각의 벽을 쳐서 디멘션 하트가 아닌 평범한 얼음 수정을 집어 들게 만들었다.

'잠시 시간을 끌면서 상황을 지켜볼 생각이었는데.'

생각보다 더 거물을 만나고 말았다.

'총수라고?'

그럼 테러리스트의 총수인가?

"채 과장, 밥값 좀 해."

최원호는 그렇게 말하며 디멘션 하트를 원래 자리에 내려놓았다.

그러자 허공에서 채윤기가 튀어나오며 나대형을 아래로 찍어 눌렀다.

"커헉!"

시험 참관인으로서 부여받은 은신 아티팩트와 특성 '협의'가 조합된 강력한 급습.

"귀하는 차원 관문 및 각성자 관리에 관한 특별법 위반하였기 때문에 현행범으로 체포하겠습니다. 귀하는 변호인을 선임할 권리가 있으며……."

"아, 안 돼!"

게이트 테러리스트는 비명을 내질렀지만 결국 땅에 처박히고 말았다.

그리고 최원호가 테이블 아래로 내려섰다.

스윽.

"……."

차가운 시선이 상대를 꿰뚫듯이 쏘아졌다.

'저게 총수라고?'

그렇다면 나눌 이야기가 참 많을 것이다.

"물론 좋은 말은 아니겠지만."

최원호의 신형이 그림자를 향해 화살처럼 쏘아졌다.

# 대면하는 뉴비

해청에는 사이한 것을 베는 속성이 있다.

그렇기에 별다른 스킬을 두르지 않더라도 실체가 없는 것에 타격을 입히는 것도 가능했다.

최원호가 돌진하며 칼날을 휘두른 순간.

쉬이익—!

"......!"

타격을 예상하지 못했던 그림자는 깊게 찢기면서 물러설 수밖에 없었다.

뻔히 다가오는 것을 감지했으면서 반응이 느리기도 했다.

최원호는 눈가를 좁히며 생각했다.

'원거리에서 조종하는 사념체로군. 반응에 딜레이가 있어.'

그것도 꽤나 긴 딜레이.

그렇다면 사실상 상대에게 승산은 없는 것이나 마찬가지였다.

찰나가 승부를 가르는 건곤일척의 상황에서 0.01초라도 시차가 있다는 것은, 두 눈을 감고 싸우는 것보다도 큰 못한 페널티였다.

그래서였을까.

"잠까아아안!"

총수의 그림자는 벼락처럼 고함을 지르며 물러섰다.

하지만 멈추란다고 멈출 리가 없다.

"누굴 바보로 아나."

최원호는 오히려 질주 권능을 전개하며 그림자를 따라붙었다.

그리고 다시 한 번 더.

슈우우우욱-!

팟!

'반응이 아까보다 조금 빨라지긴 했네.'

하지만 이번에도 머리 부근에 일격을 허용하고 말았다.

상대가 빨라지는 것까지 계산에 넣은 덕분이었다.

그렇게 두 번째 공격까지 성공시킨 최원호는 스스로에게 확신을 주듯 생각했다.

'……잡을 수 있다.'

당연히 총수의 본신(本身)은 어딘가 따로 있을 것이다.

하지만 의지를 전하기 위해 보낸 사념체는 그와 연결되어 있는 상태였다.

어떤 스킬을 썼든지, 마력으로 이루어진 통로를 열어서 통신을 주고받는 형식일 수밖에 없었으니까.

'그렇다면 그 통로를 거꾸로 타고 들어가서 타격을 주는 것도 가능하지.'

총수의 본신에 대미지를 입히고, 가능하다면 뭔가 정보를 뽑아내는 것.

이것이 최원호의 목표였다.

'모르긴 해도 이미 정신 타격을 입었을 터.'

몇 차례 정도 더 몰아붙인다면 성과를 낼 수 있을 것이다.

그 전에 총수가 마력 통로를 닫아서 그림자를 폐기해 버린다면 별수 없겠지만.

"할 수 있는 만큼은 해 봐야지."

최원호는 그렇게 중얼거리며 몸을 날렸다.

쉭!

이번에는 작은 체구에서 왼팔이 뭉텅 썰려 나갔다.

"……!"

벌써 적잖은 대미지를 입었는지 총수의 그림자는 멈칫거리며 물러서기만 했다.

'이번엔 크게 간다.'

상대의 정신 체계에 강력한 타격을 입힐 마법 스킬을 준비하며 최원호는 재차 돌진했다.

그런데 바로 그때.

"……네가 클로저스 클랜의 마스터 헌터인가? 그 안경은 완벽한 익명의 안경이고?"

그림자에게서 뭔가 이상한 맥락의 이야기가 나왔다.

아예 반격할 생각이 없는 것처럼 물러서더니 엉뚱한 소릴 지껄인 것이다.

'갑자기 무슨 헛소리지?'

최원호는 무시하며 검을 겨누었다.

하지만 일렁거리던 그림자는 싸울 생각이 없는 듯이 킥킥 웃어 대며 흐려지기 시작했다.

"아냐, 아니겠지. 그럴 리가 없어. 설령 그렇다고 해도 아무것도 바뀌지 않아……."

본신과 이어진 마력 통로를 과감하게 끊어 버렸는지 그림자는 빠르게 흩어지고 있었다.

하지만 최원호는 마지막 공격을 노렸다.

'뒤쫓아 가기에는 거리가 너무 벌어진 상황.'

그렇기에 해청을 거두고 다른 무기를 꺼내 든 것이다.

끼기긱-!

활대가 휘어지는 소리.

앞서 올노운에게 전달받은 장궁 '블랙 포스'였다.

해청이 닿지 않는 거리라면, 활을 쏴서 마지막 공격을 성공시키겠다는 집념이었다.

　활줄에 걸린 화살에는 미미하게나마 상대의 본체에 타격을 입힐 마법 스킬까지 더해져 있는 상태였다.

　[스킬 : '사이킥 스네어'.]

　시스템 메시지가 출력된 순간, 최원호는 곧바로 시위를 놓았다.

　화살이 쏘아져 날아가며 파공음을 남겼다.

　피이잉! 쉭!

　그림자가 꿰뚫렸다. 분명 맞은 것이다.

　하지만 그림자는 아무렇지도 않게 그 부분을 수복했다.

　그리고 신기루처럼 사라져 버렸다.

　"다음에 만날 땐 그 목부터 날려 버리겠다. 각오해라."

　……어딘지 이상한 말을 남기고서.

　최원호는 가만히 혀를 차며 활을 거둘 수밖에 없었다.

　사라진 그림자 뒤에 숨겨진 사람의 정체에 대해서는 추호도 모른 채.

　'아깝다. 본체에 제대로 한 방 먹일 수 있었는데.'

　그저 아쉬움만을 느끼고 있을 따름이었다.

어둠이 가득 찬 서재.

"키야아아악!"

현장에서 돌아온 그림자는 발버둥을 치며 비명을 내지르고 있었다.

영적 존재에 입은 타격이 고통스러웠기 때문이다.

하지만 술잔을 쥔 소녀는 대응하지 않았다.

"……."

방금 그림자를 통해 본 장면을 복기하며 고개를 내젓고 있을 뿐.

떨쳐 내려 해도 머릿속에서는 남자의 존재감이 자맥질을 하듯이 떠올랐다가 사라지기를 반복하고 있었다.

"후우……."

여자는 한숨을 내쉬었다.

'하필 목소리도 비슷해서 완전히 휘말렸어.'

남자의 목소리를 듣는 순간, 그녀는 한시도 잊은 적 없었던 이름을 다시 떠올릴 수밖에 없었다.

'……원호 오빠.'

2월 14일만 되면 우정의 증표를 핑계로 못 먹을 초콜릿을 꾸역꾸역 만들어서 주었던 남자.

이틀 동안 배운 무에타이를 빌미로 삼아 대련을 신청했더니, 인정사정없이 로우 킥을 꽂아 넣던 나쁜 놈.

하지만 그래도 당황한 얼굴을 볼 수 있어서 좋았던 짝사랑의 상대.

"아악! ×발!"

애써 눌러 놓았던 기억이 고개를 들자 여자는 비명처럼 욕설을 내지르고 말았다.

그러자 그림자가 함께 소리쳤다.

"뭐가 ×발입니까, 뭐가! 당신 때문에 내가 다쳤잖습니까! 그러고도 그림자의 주인입니까?"

하지만 돌아온 것은 날카로운 욕설이었다.

"× 까. 날 섬기기 싫으면 무왕 새끼한테로 꺼지든가."

"크으윽! 무례하군요! 전부 주인께 보고할 겁니다!"

"그래? 그럼 그러기 전에 녹여 버려야겠네."

"......!"

저벅저벅.

여자는 황금빛 술이 담긴 유리잔을 들고 그림자에게 다가갔다.

그리고 그것이 바닥으로 부어질 때…….

"캬아악!"

치이이이익!

어느새 짙은 적색으로 변한 술은 그 끔찍한 독성으로 그림자를 완전히 녹여 버렸다.

와그작!

체구는 소녀처럼 작았지만, 그녀에게서 뿜어져 나온 시커먼 마력의 흐름은 그림자의 잔해물을 게걸스럽게 먹어 치웠다.

"빌어먹을 사념체 주제에 어디서 협박질이야."

술을 탁 털어 낸 뒤 입꼬리를 비틀며 돌아서는 여자.

게이트 테러 집단 '여섯 형제단'의 총수.

장세현.

더 이상 그 이름으로 불리지 않는데도 장세현은 자신의 이름을 싫어했다.

자신을 살갑게 부르던 이들을 떠올릴 수밖에 없는 단어였으니까.

그녀는 애써 남자의 목소리를 머릿속에서 밀어냈다.

"……그럴 리 없어. 차원 역류는 비가역적이야."

절대로 돌이킬 수 없는 일이다.

아니, 설령 돌이킬 수 있다고 해도 이제는 소용없는 일.

'이미 너무 멀리 왔어.'

현재 세계의 상황을 누구보다 잘 알고 있는 장세현은 남자의 정체에 대해 더 이상 생각하지 않기로 했다.

단지 다짐했을 뿐이다, 다시 마주치면 반드시 죽이기로.

두 번 다시 '원호 오빠'를 떠올리지 않도록 말이다.

"실패를 보고하러 가야겠군."

장세현은 몸을 돌려서 서재를 떠났다.

❧

테러리스트의 총수에게 소득을 얻지 못했지만, 최원호는
그리 실망하지 않았다.

어차피 다른 하나를 묶어 둔 상태였으니까.

"크윽!"

채윤기의 억센 팔에 눌린 남자가 버둥거리고 있었다.

그에게 다가간 최원호는 입을 열었다.

"우선 소속과 이름부터 말해 봐. 아, 네가 말하지 않으면
내가 직접 머리통을 열어서 꺼내 갈 거다."

그건 단순한 엄포가 아니었다.

정말로 하이에나의 그림자를 비롯한 정신계 권능과 스킬
을 총동원해서 정보를 짜낼 생각이었다.

그 진심을 느꼈는지 채윤기가 표정을 굳혔다.

"이봐, 백수현. 지금 무슨 소릴 하는 거야? 승인되지 않은
정신 조사 행위는 불법이란…….."

그러나 최원호는 오히려 차가운 목소리로 그를 반박했다.

"채 과장, 지금 뭐가 중요한지 모르겠어?"

"……!"

순간 등골이 쭈뼛해지는 느낌.

총수의 그림자와 대결할 때부터 최원호에게서는 어마어마한 살기가 쏟아져 나오고 있었다.

단지 그 방향이 뒤로 향하지 않고 있었을 뿐.

'이 미친놈, 까딱하면 불똥이 나한테 튀겠구나.'

채윤기는 조용히 입을 다물었다.

사실 상냥하게 인권을 챙겨 주기에는 제압된 인물의 배경부터가 좋지 않았다.

게이트 테러리스트.

신인류에 대해서는 알 수 없지만, 이들 테러 단체의 속성과 역사는 상당히 알려져 있었다.

'게이트의 위험성을 경고하기 위해서 게이트 바깥의 민간인들마저 공격하는 극단주의자들.'

목표를 위해 어떤 희생을 치르든 신경 쓰지 않는다.

게이트 사태를 끝내야 한다고 생각한다는 점에서는 최원호와 같은 목표를 가지고 있다고 할 수도 있었으나.

그 과정에 대해서는 전혀 다른 가치관을 가지고 있는 집단이었다.

'신인류에 비해서는 좀 낫겠지만 그렇다고 선한 집단이라고 할 수도 없다.'

당장 방금 상황부터 그랬다.

이 게이트의 디멘션 하트는 얼음성을 지탱하는 얼음 수정으로 기능하는 것이다.

그러니 주어진 위치를 벗어나게 되면 얼음성 전체를 붕괴시킬 수 있는 아킬레스건이라고 할 수 있었다.

'그런데 그것을 파괴하려고 했다.'

이건 게이트 폐쇄 직전에 헌터들이 전부 몰살당하더라도 상관없다는 태도였다.

아니, 오히려 그것을 노렸을지도 모른다.

"……."

"아, 입 열기 싫어?"

그 속내를 짐작할 수 있었던 최원호는 1초도 망설이지 않았다.

"그래, 그럼 내가 대신 열어 주지."

해청을 뽑아서 그대로 내지른 것이었다.

콰직!

"아악!"

신경망과 혈관을 따라서 분포하고 있는 헌터의 마력 체계.

그중에서도 가장 중요한 부분은 각 관절 부위에 묶여 있는 신경 다발이다.

지금 찔린 어깨 깊숙한 곳처럼 마력이 흐르는 길을 들쑤셔서 거꾸로 마력을 집어넣게 되면…….

"끄아아아악!"

마치 마력 체계가 불타는 것처럼 극심한 고통을 경험할 수 있다.

"……버티지 말고. 쉽게 가자고."

최원호도 사람이기에 고문이 즐겁지는 않았다.

'하지만 필요하다면 피하지 않는다.'

오히려 속전속결로 나서는 것이 피차 이롭다고 생각하기도 했다.

"소속과 이름. 말해."

정신없이 비명을 내지르는 테러리스트를 향해 다시 질문이 던져졌다.

"카, 카오스 클랜 소속. 나, 나대형이다."

"나대형 헌터. 오케이."

칼날이 뽑혀 나왔다.

그리고 이어지는 다음 질문.

"확실하게 하자. 너 게이트 테러리스트지?"

"……."

"……."

콰직!

"크아아아악!"

"다음은 어깨가 아니라 무릎이다. 각오해."

"그, 그만! 맞아, 난 '여섯 형제단' 소속이다! 너희가 말하는 테러리스트가 맞으니까ㅡ! 제발 그만!"

"……여섯 형제단이란 말이지."

최원호는 칼을 뽑지 않은 상태로 재차 질문했다.

"그럼 아까 그 그림자는 뭐지? 네가 '총수'라고 부른 것. 뭐든지 아는 대로 말해 봐."

가쁜 숨을 내쉬던 나대형은 입술을 꾹 깨물며 대답했다.

"마, 말 그대로다! 우리 여섯 형제단의 총수가 보낸 그림자! 진짜 얼굴이나 다른 정보는 전혀 몰라! 늘 그림자만 보냈으니까!"

"그래?"

"저, 정말이야! 믿어 줘! 아까 왜 나타났는지도 모른다고!"

지옥 같은 고통을 이미 두 번이나 경험했던 나대형은 몸을 떨고 있었다.

그 덕분에 최원호는 어렵지 않게 그 발언의 진위 여부를 확인할 수 있었다.


─빌어먹을!

─모르는 걸 안다고 할 수도 없고…….

─가짜 이름이라도 만들어서 대야 하나?

─뭐라고 둘러대야 하는 거지?


보름달 여우의 눈을 열자마자 엄청난 양의 정신 파장이 쏟아져 들어왔던 것이다.

고통 덕분에 정신 방벽은 이미 충분히 무너져 있었고.

나대형이 정신 파장을 속일 만한 상태나 경지가 아니라는 것 역시 이미 확인된 상태였다.

더 캐묻는 것은 무의미했다.

'그래도 징검다리를 놓는 것 정도는 가능하지 않을까?'

여섯 형제단의 총수를 추적하는 정보의 징검다리를 확보하는 것은 시도할 수 있었다.

'하지만 그렇게 되면 테러리스트와의 전면전이 벌어질 수도 있어.'

이게 괜찮은 일일까?

고민이 깊어졌다.

"……."

아무런 말없이 생각에 잠겨 있는 최원호.

나대형의 눈동자가 불안하게 움직였다.

상대가 자신의 정보에 만족하지 못했다고 지레짐작한 그는 중언부언 변명을 늘어놓기 시작했다.

"워, 원래 총수는 각 계파에 지령을 내려서 지휘하는 방식을 사용하기 때문에! 내가 그분의 실체에 대해 모르는 건 어쩔 수 없는……!"

하지만 그 말에 오히려 최원호의 눈빛이 반짝였다.

'재밌네. 하나의 단체 안에 여러 계파가 있단 말이지?'

앞서 '혼돈파'라는 것은 그 계파들 중 하나를 의미하는 말이었다.

그렇다면 마음을 정할 수 있었다.

"……그래, 믿어 주지."

"저, 정말인가?"

"대신 총수에 대해서 더 잘 알고 있는 사람에 대해 말해 봐. 예를 들면 네 윗선이라든지, 또는 동료들이라든지, 다른 계파라든지."

테러리스트의 총수를 확실하게 추적하기로 결정한 것이다.

그러기 위해서는 여섯 형제단의 전체적인 윤곽부터 확인해 볼 필요가 있었다.

"그, 그건……."

상대의 의도를 알아차린 나대형의 눈동자는 미친 듯이 흔들리고 있었다.

'형제들을 다 팔아넘기란 말이잖아?'

아무리 고통스럽더라도 절대로 내놓을 수 없는 정보였다.

"미, 미안하지만 그건 안 돼."

"정말 안 돼?"

"절대로 안 돼! 차라리 날 죽여라!"

죽음조차 불사하는 결연한 의지의 표현.

하지만 최원호는 속으로 피식 웃었다.


−위장 단체가 여섯 군데 있다는 절대 말 못해!

−특히 우리 카오스 클랜은 반드시 숨겨야 돼!

……다 들리고 있었으니까.

고통, 공포, 혼란으로 인해 나대형의 정신 방벽은 무용지물이나 다름없는 상태였다. 쥐 대가리가 그랬듯이, 떠올리지 말라고 하면 더더욱 세부적으로 떠올리게 되는 법이니까.

'일단 카오스 클랜부터 털어 봐야겠네.'

자, 그럼 이건 됐고…….

"그럼 어쩔 수 없네."

최원호는 모르는 척 태연하게 입을 열었다.

"대신 너희 여섯 형제단과 신인류의 관계에 대해서 알고 싶은데? 그건 가능하겠지?"

"……우리와 신인류의 관계?"

"그래, 너희 뭔가 연관이 있잖아? 정확히 어떤 관계를 맺고 있는 거지?"

연쇄적으로 움직이는 두 집단.

그저 공교롭다고 할 수 있는 상황이 아니다.

이들의 연결점이야말로 최원호가 반드시 알아내야만 하는 문제였다.

"신인류……."

잠시 생각에 잠기는 나대형.

"그거라면 내가 아는 대로 전부 말해 줄 수 있다."

테러리스트로부터 이야기가 흘러나오기 시작했다.

시작된 이야기는 서두부터 유용한 정보를 쏟아 냈다.

"신인류는 우리 여섯 형제단에서 파문된 형제가 만들어 낸 집단이라고 알고 있다."

신인류가 테러리스트에 기원을 두고 있다는 이야기.

'진짠가?'

최원호는 보름달 여우의 눈을 통해 교차 검증을 하기 위해서 눈을 가늘게 떴고…….

"처음 듣는 이야기군."

채윤기 역시 표정을 딱딱하게 굳히며 나대형의 목소리에 귀를 기울이고 있었다.

"파문된 형제라고? 좀 더 자세히 말해 봐."

"한때는 우리 중 한 계파에 소속되어 있었으나, 전대 총수에 의해 파문된 형제가 신인류의 창립자다. 파문되기 전의 콜네임은 '검은 눈'이라고 알고 있고."

'검은 눈'이라…….

그것이 예언자의 정체일까?

어쩌면 그저 새로운 간부 중 한 사람일지도 모른다.

"너 혹시 신인류의 지도부에 대해서도 알고 있나?"

하지만 나대형은 고개를 저었다.

"아니, 그것까지는 모른다. 난 단지 우리 여섯 형제단에서 있었던 일을 알고 있을 뿐이지."

하지만 한때 테러리스트였던 자가 신인류를 창설했다는 사실만큼은 분명하게 확인해 주었다.

"아마 그 계파의 형제들을 만날 수 있다면 검은 눈에 대해 좀 더 잘 알려 줄 거다. 그리 오래된 일도 아니니까."

그 말에 최원호는 피식 웃었다.

"어느 계파인데? 그건 알려 줄 수 있나 봐?"

"음? 아!"

여태껏 여섯 형제단에 대해서는 죽음을 불사하며 말하기를 피해 왔던 주제에 대체 어디에 가서 물어보라는 것인지.

"그, 그건……!"

질문이 그렇게 이어질 줄은 몰랐던 나대형은 우물쭈물할 수밖에 없었다.

'정의파로군.'

하지만 최원호는 그냥 웃어넘기고 말았다. 나대형의 요란한 무의식 속에서 이미 정보를 습득한 뒤였으니까.

정의, 혼돈, 망각, 중재, 분노, 파괴…….

'이렇게 여섯 계파가 있고, 검은 눈은 정의파 소속이었단 말이지?'

이 정도면 충분하다.

어차피 나대형은 혼돈파 이외의 계파는 어디 있는지조차 알지 못했다.

"그럼 자세한 건 게이트 바깥에서 얘기해 보자고."

상황을 정리한 최원호가 채윤기에게 손짓했다.

"이제 올라가자. 5층 상황을 파악하고 정리해야겠어."

"젠장. 이게 멀쩡하게 진행되다가 이게 무슨 꼴인지……."

채윤기는 한숨을 내쉬며 고개를 돌렸다.

앞서 유광명을 눕혀 둔 곳이었다.

하지만 그 순간 눈이 마주쳤다.

"……."

"……!"

조금 혼탁한 눈빛이었지만 유광명이 눈을 깜빡이며 이쪽을 쳐다보고 있었던 것이다.

그가 정신을 차린 것은 최원호도 모르고 있었다.

잠시 내 쪽을 돌아본 채윤기가 머쓱한 웃음을 지었다.

"저, 유광명 헌터님? 저는 조사국의 채윤기 과장입니다. 예전에 인사드린 적 있는데, 혹시 기억하십니까?"

그러자 돌아오는 대답.

"치워."

치우라는 말에 채윤기는 알아듣지 못하고 멍한 표정이 되고 말았다.

"예? 뭘 말입니까?"

하지만 유광명은 같은 말을 반복했다.

"치우라고. 당장."

그 의미를 알아들은 것은 최원호였다.

'……그래도 SSR급은 뭐가 다르긴 다르네. 그걸 감지하다니.'

치우라는 말은 채윤기에게 하는 말이 아니었다.

'나한테 하는 말이지.'

지금 유광명은 자신에게 심어진 흡혈뱀의 기생충을 거두라며 최원호에게 성질을 부리는 중이었다.

"어디부터 보셨습니까?"

"싸움이 났을 때부터."

"싸움요?"

"그림자와 싸울 때부터 봤다고. 불법 심문을 행사하는 것도 잘 봤다. 덕분에 네놈이 그 어느 쪽도 아니란 것은 어느 정도 알겠더군. 아까 제대로 듣지도 않고 손을 쓴 것은……. 크흠, 미안하게 생각한다."

"덕분에 죽을 뻔했습니다."

"그래도 그딴 걸 나한테 심어? 내가 잘못한 게 없었으면 네 머리통을 납작하게 만들었을 거다."

"안전장치였습니다. 애초에 유광명 헌터님과 부딪치지 않았다면 심을 일이 없었겠죠. 어느 쪽 과실이 더 큰 것 같습니까?"

"쳇."

얼음성 1층으로 올라가는 길.

어깨가 다 찢어져서 출혈성 쇼크가 왔을 만큼 부상이 컸지만, 괴물 같은 회복력으로 몸을 일으킨 유광명이 앞장서고 있었다.

놀랍게도 왼손에는 결박당한 나대형의 멱살까지 단단하게 틀어쥔 상태였다.

과연 강체 특성의 보유자답게 육체 회복력이 어마어마한 수준이었다.

"……."

나는 그 모습을 눈여겨보며 정확한 경지를 가늠하기 위해서 노력하고 있었다.

'레벨로 따지면 80 내외 정도 되려나?'

이건 현재 내 수준을 평가하는 작업이기도 했다.

'일단 60레벨까지는 정면 승부도 가능한데…….'

그 이상부터는 상대의 방심을 노려서 일발 역전하는 전략을 써야 한다.

당연히 실패할 가능성이 있으므로 바람직한 전략은 절대 아니었다.

'아까 그림자도 그렇고……. 역시 아직 한참 멀었어.'

이게 지금 내 자신에 대한 냉철한 평가였다.

레벨 업을 더 서둘러야 한다.

뭔가 건드릴 때마다 사방에서 쏟아져 오는 정체불명의 적수들을 대적하려면 지금 이 수준으로는 위험했다.

'조금 무리를 해서라도 등급 외 게이트에 들어가야겠군.'

우리나라에는 없지만 일부 극한 환경의 지역에는 '등급 외 게이트'라는 것이 있다.

그곳을 이용하면 폭발적인 레벨 업을 노려볼 수도 있었다.

지금 수준에서 들어갈 만한 곳은…….

'사하라사막의 영원 모래미로. 그럼 추천서가 필요하겠지. 이집트에서는 누구의 추천서를 좋아하려나?'

내가 한창 그런 계획을 세우고 있을 때.

"……어이, 근데 너 이름이 뭐냐?"

유광명이 내 이름을 묻고 있었다.

이번엔 뭐라고 말할까 생각하고 있는데 채윤기가 스윽 나서더니 알은체를 했다.

"블랙핑거 클랜에 소속된 '백수현' 헌터입니다. 아시는지 모르겠지만 올노운 마스터와도 안면이 있습니다."

하지만 차원통제청의 2인자는 피식 웃었다.

"백수현이라……? 아니, 그보다 실명에 가까운 이름은 '백수 팀장'인 것 같은데? 클로저스 클랜의 마스터 헌터, 그 콜네임이 네 본질에 조금 더 가까운 신분 아니냐? 내 말이 틀렸나?"

나는 대답하지 않았다.

'무슨 가명에다 본질씩이나…….'

굳이 내 본질에 가까운 가명을 꼽자면 그건 'zero9'이었다.
즉, 영구.


   -'영'하를 '구'해라.


구준백, 도윤수, 장세현이 붙여 준 그 이름이야말로 나의
본질에 가장 가까운 가명이라고 할 수 있는 것이었다.
"편할 대로 부르십시오. 헌터들 사이에 이름이 뭐가 중요
합니까."
내가 툭 내뱉자 유광명은 흥미롭다는 표정을 지었다.
"그럼 백수팀장이라고 부르지."
"그러시죠."
"내가 확실하게 해 두고 싶어서 하는 말인데, 지금 이 게이
트에 신인류와 테러리스트가 동시에 움직이고 있는 건가?"
나는 고개를 끄덕였다.
"저와 채윤기 과장이 파악한 바로는 그렇습니다. 반복해
서 말씀드리지만 저는 그 어느 쪽도 아니고요."
"크흠, 그건 됐어. 내 오해였으니까. 미안하다고."


   [알림 : 얼음성 1층입니다. 얼음 수정을 찾기 위해 활동 중인 가
디언 몬스터에 주의하십시오.]

1층에 도달하자 을씨년스러운 살풍경이 우리를 반겼다.

참가자들이 모두 빠져나간 성내에는 얼음 거인들만이 돌아다니는 중이었다.

이대로 출구까지 달리기에는 복잡하고도 위험한 상황.

콰앙—!

유광명이 마력을 휘감은 주먹을 내지르자 얼음 거인들이 밀려나다 터져 나가며 굉음을 일으켰다.

그 압도적인 위엄에 새삼 으쓱해진다.

내가 저 양반을 이겼단 말이지.

"어이, 백 팀장."

"백수팀장입니다만."

"아깐 이름이 뭐가 중요하냐고 하더니? 그리고 백 팀장이 나아."

"……맘대로 하십쇼."

그러더니 좀 묘한 질문이 돌아왔다.

"자넨 신인류와 테러리스트 두 불법 조직 중에 어느 쪽이 더 문제라고 생각하나?"

둘 중에 어느 쪽이 더 문제냐고? 대답은 곧바로 나왔다.

"둘 다죠."

"어느 쪽이냐고 물었는데?"

"떼어 놓을 수 있는 집단이 아닙니다. 그러니까 '둘 다'라는 말씀을 드린 거고요."

"어째서?"

"누군가 두 집단의 키를 잡은 채 하나의 목적을 이루기 위해서 조종하고 있습니다. 같은 사람이 모는 두 척의 배를 굳이 나눠서 생각할 필요가 있습니까? 하나의 선단으로 보면 되는 거죠."

아마 그 선장은 '예언자'이며, 그 목적지는 '이 세계의 게이트화'일 것이다.

놈은 그걸 위해서 게이트를 역류시키고 있었다.

"흐음, 하나의 선단이라······. 비유가 좋군."

유광명은 고개를 주억거리더니 이렇게 말하는 것이었다.

"그럼 본보기를 보일 필요가 있겠어. 우리 쪽에서도 두 집단에게 확실하게 메시지를 전달하는 게 좋을 테니까 말이야."

확실한 메시지라니?

그게 뭘 말하는 건가 싶었는데.

"후우······."

얼음성 바깥으로 나서며 크게 심호흡을 하는 유광명.

그리고 고개를 젖힌 남자로부터 거대한 사자후가 터져 나왔다.

〈올노운을 불러라! 당장!〉

"······!"

쩌렁쩌렁한 고함에 나는 눈을 크게 뜰 수밖에 없었다.

'올노운을 부르라고?'

유광명의 메시지.

그것은 국내 최고의 헌터를 호출하는 것이었다.

모두에게 보란 듯이 말이다.

얼음성의 5층에서는 무거운 침묵이 흐르고 있었다.

죽은 헌터들의 시체와 찰랑거리는 핏물.

무엇보다 '아티팩트'가 뜨겁게 느껴질 만큼 농밀하게 응축된 마력까지.

"……."

예언자의 명령에 맞추어 완벽하게 안배된 것들.

지시받은 대로 목적을 이루기 위해서 모든 준비가 완료된 상태였다.

하지만 신인류 조직원들은 불안하게 반지를 만지작거리며 가늘게 몸을 떨고 있었다.

'우린 다 준비했는데……!'

'어, 어째서?'

'왜 마지막 단추가 꿰어지지 않은 거지?'

대체 어찌된 일인지 마지막 순간에 그들의 계획이 전부 어그러지고 말았으니까.

그래서 더 할 일을 찾지 못하고 멍하니 5층에 서 있을 수밖에 없었던 것이다.

바깥에서는 차원통제청의 공무원들이 부산하게 움직이고 있었다.

학살을 저지른 자신들을 공격하기 위해서였다.

"빌어먹을! 지, 지금이라도 투항해야 돼!"

"조용! 그냥 조금 늦어지는 것일 수도 있잖아!"

"아니야! 이건 계획이 망한 거라고!"

……결국 조직원들 사이에서 내분마저 일어나고 있었다.

원래 그들의 계획은 이러했다.

얼음성에 페이즈 변화가 일어나면 곧 게이트 폐쇄 현상이 시작될 것이다.

그 순간에 예언자가 건네준 아티팩트를 이용하여 응집된 마력을 폭발시킨다.

나란히 시작된 특수 마력 폭발과 게이트 폐쇄 현상이 뒤엉키며 우리의 목표를 달성할 것이다.

특별한 마력 폭발과 게이트 폐쇄 현상이 상호 작용하며 만들어 내는 차원 역류.

테러리스트들을 막후에서 조종하고, 시험 참가자들을 학

살하다시피하며 피와 마력을 긁어모은 이유였다.

예언자의 지령과 아티팩트를 받아온 신인류 조직원들은 충실하게 그 순간을 준비했다.

지금껏 예언이 빗나간 적이 없었으니, 이번에도 틀림없이 그대로 될 것이라고 생각했다.

하지만 게이트 폐쇄 현상이 일어나지 않았다.

그러니 얼음성 5층에 갇힌 조직원들은 속수무책이었다.

"지부장님! 예언자님께 말씀을 전해 주십시오!"

"게, 게이트 폐쇄 현상이 일어나지 않고 있습니다!"

"제발! 이대로는 다 죽는다고요!"

그들은 각자의 반지에다 고함을 질러 대며 상황을 해결해 주기를 요구하고 있었다.

하지만 바로 그때.


⟨올노운을 불러라! 당장!⟩


얼음성 전체를 쩌렁쩌렁하게 울리는 음성이 바깥에서 들려왔다.

"오, 올노운이라고?"

"지금 올노운을 부르겠다고 했어?"

공략된 상태로 폐쇄되지 않은 게이트의 경우엔 수시로 헌터들이 드나들 수 있다.

"아, 안 돼!"

바짝 얼어붙은 신인류 조직원들의 눈빛이 급하게 뒤엉켰다.

지금이라도 당장 탈출해서 투항하자는 이야기가 모두의 목구멍에서 찰랑거리고 있었다.

그러나 기회는 주어지지 않았다.

불과 5분 뒤.

쿵…….

작고 둔스러운 충격이 발아래 깊은 곳에서 희미하게 감지된 다음 순간.

"으, 으아아아!"

모두가 떨어져 내리기 시작했다.

"살려 줘!"

"크아아악-!"

산산이 붕괴되는 얼음성 깊은 곳으로 추락하는 신인류 조직원들.

그리고 공중에 몸을 띄운 채 얼어붙은 듯이 차가운 눈동자로 그들을 노려보는 남자가 있었다.

"이 버러지 같은 것들…….'

올노운.

얼음성의 일부를 그대로 베어 무너뜨리는 이적을 선보인 남자가 낮게 가라앉은 눈빛으로 그 광경을 노려보고 있었다.

잠시 뒤, 지상으로 내려온 올노운이 최원호와 유광명을 향해 입을 열었다.

"총 열두 명 중에 세 명이 살았습니다만, 충분하다고 생각합니다. 살아남지 못한 조직원들은 상대적으로 낮은 계위의 조직원일 테니 그리 많은 걸 알지는 못하겠지요."

신인류 따위는 사람으로 대우하지 않겠다는 듯한 섬뜩한 미소.

그리고 올노운은 자신의 권리를 주장했다.

"그들은 모두 제가 데리고 가겠습니다. 괜찮겠지요? 유광명 헌터님?"

⌵

콰구구구구구······.

솔직히 좀 감탄했다.

올노운은 단 일 검만으로 거대한 얼음성의 축대를 잘라 내어 전체를 붕괴시켜 버렸다.

5층으로 진입해서 하나씩 때려눕히는 것은 구질구질한 일이라는 것처럼 말이다.

'인도적으로 제압해 줄 이유 따위는 없다는 것처럼 보이기도 했고.'

그는 유광명의 지시가 떨어지자마자 나타났다.

국내 최고 클랜의 수장이자 세계 최강자들 중 한 사람으로서 호출 자체를 무시할 수도 있는 법인데 말이다.

자, 이 말은…….

'유광명은 올노운이 근처에 있다는 것을 알고 있었고, 올노운이 요청을 거절하지 않을 것이라는 것도 알고 있었다는 거지.'

또한 이처럼 잔혹한 수법으로 신인류에게 보복하리라는 것도 알고 있었던 것 같다.

……흥미로운 일이다.

대체 올노운은 신인류에 대해 어떤 마음을 품고 있는 걸까?

제압된 신인류 조직원들을 그가 전부 데리고 가겠다고 하자, 차원통제청 직원들은 무척 당황한 눈치였다.

"무, 무진 그룹에서 다 데리고 가시겠다고요?"

"범죄자들입니다! 그건 좀……!"

하지만 유광명의 승인이 떨어졌다.

"그러시오. 언론에는 무진 그룹의 최신 정신 분석 기법을 이용하여 심문을 진행하기 위해서 보냈다고 하면 되겠지."

"고맙습니다. 그럼 기자들 쪽은 유광명 대변인님께 맡기겠습니다."

"걱정 마시오."

"……."

내가 생각하기에 그건 말도 안 되는 소리였다.

정부 조직이 범죄 조직을 잡아서 민간 기업에 넘기는 것이나 다름없는 짓이었으니까.

하지만 '게이트'라는 말이 들어가면 안 되는 것도 되게 된다.

올노운의 지휘에 따라 마법 계열 헌터들 예닐곱 명이 게이트 안으로 들어왔고.

얼음성의 잔해 속에서 발견된 신인류 조직원들은 마력을 봉인하는 특수 수갑이 채워져 연행되었다.

이미 빈사 상태에 가까웠기에 마력을 봉하는 것이 의미가 있는지 모르겠지만 말이다.

그리고 특별 인증 시험에 대한 이야기가 나왔다.

"시험 참가자들께 알려 드립니다. 특별 인증 시험을 조기 종료하고 채점에 들어갈 예정입니다. 전원 수집한 얼음 수정을 제출해 주시기 바랍니다."

신인류라는 괴조직이 난입해서 무고한 헌터들이 죽어 나간 상황에서도 강행되는 시험 절차.

'웃기는군.'

그것은 인류가 게이트라는 아비규환을 다루는 방식과 완전히 똑같은 것이었다.

어쨌거나 그 결과.

"……1위는 클로저스 클랜 소속 헌터 '백수현' 님입니다."

난 목표했던 대로 1등 자리를 거머쥐고 R1급 라이선스를 취득하게 되었다.

"그게 대체 뭔 소리야?"

"좀 알아듣게 설명을 해 달라고, 양 주임."

게이트 바깥에서 대기하던 기자들에게는 폭탄이 떨어진 상태였다.

시험장 안팎을 오가던 공무원들이 내부 상황을 귀띔해 주었으나, 그 내용을 좀처럼 믿을 수가 없었던 것이다.

"신인류와 테러리스트들의 공격이 있었다니?"

"헌터들이 서른 명 가까이 죽었어? 말이 돼?"

"진짜 돌아 버리겠네. 이걸 뭐라고 써야 되는 거야?"

게이트 뉴스라고 해서 특별히 다른 것이 아니다.

여타 기사와 마찬가지로 발제-취재-마감의 3단계를 거쳐서 쓰인다.

그런데 자다가 봉창 두르는 것이나 다름없는 사건이 터진 것이다.

각자 무엇에 대해 쓸지 어느 정도 정해 두었던 기자들은 머릿속이 하얗게 되는 것을 경험했다.

사실 기사거리는 오히려 많아졌다고 할 수 있다.

무엇부터 취합해서 써낼 것인지 고민스러울 뿐.

"아휴, 씨×랄. 기레기 소리 듣는 것도 지겨운데 때려치우든지 해야지!"

"선배! 지금 보내 드린 거 좀 검토해 주세요!"

타다다닥-!

고민을 마친 그들은 입술을 잘근잘근 씹으며 손가락을 놀리기 시작했다.

그리고 차원통제청의 공식 브리핑과 함께 기사들이 업로드되기 시작했다.

[헌터 포커스] 〈속보〉 특별 인증 시험 '신인류 습격' 사상자 30여 명 발생…… 충격

[영웅일보] 〈1보〉 테러리스트 움직임 포착, 시험 참가자에 의해 제압

[데일리 게이트] 〈2보〉 차원통제청 '불청객들' 전원 제압, 현재 조사 중

[마이히어로] 김서옥 청장 "예상했던 사건. 무난히 대처했다"

차원통제청에서는 청장 명의의 성명을 내고 이번 사건이 별것 아니라는 것처럼 포장하려 시도했다.

하지만 인터넷에서는 이미 불이 난 상태였다.

-씨팔 최소 스무 명이 죽었대니;; 김서옥 할매 무난 드립 도른 거 아니냐?

-대체 멀 예상했다는 거임????

-와 K-헌터 수준 실화냐? 마력 체계가 웅장해진다.

-ㄴ미친놈아 올노운이 나서서 마무리했다는데 k헌터 수준은 왜 찾고 지랄이세여? 차통청 욕을 해야지 ㅂㅅ아

-ㄴㄴ 난독 클리닉 좀 다녀

-아 ㅈㅅㅋㅋㅋ

-시발 통제도 안 되는 게이트에서 특별 시험이니 뭐니 지껄이더니 꼴좋네 ㅆㅂㅋㅋㅋㅋㅋㅋㅋ


……사건 자체에 대한 냉소적인 반응.


-여러분 지금 이럴 때가 아닙니다! 대한민국 게이트 안보가 위협당하고 있는데 웃음이 나옵니까??? 대통령은 뭘 하고 있는 겁니까?? 내일 당장 차원통제청장 갈아치워야지요! 국민청원 https://www.rokvoice…….

-ㄴ이건 또 뭔 개소리야? 게이트 안에서는 차통청장이 아니라 올노운이 대통령이나 마찬가지구만

-ㄹㅇㅋㅋ 공원 하나 짜른다고 뭐가 바뀜?

-그니까 게이트를 왜 열어 두냐고;;; 마력 각성자들만 배부르게 해 처먹으라고 하다가 세상이 병신이 되어 가고 있는데 그걸 모르네ㅠㅠ 진짜 지구 멸망각이다ㅠ


게이트 산업과 레이드 헌터들에 대한 차가운 시선들까지.

그것은 비(非)각성자들의 쌓여 있던 불만이 조금씩 터져 나오는 조짐이기도 했다.

한편, 기사들은 특별 인증 시험의 결과에 대해 알리기도 했다.

[오늘의 공략] 특별 인증 시험 1위는? 클로저스 클랜, '백수현' 헌터!

[마이 히어로] 압도적인 성적으로 수석을 차지한 '백수현' 헌터는? "미션, 규칙, 상황을 완벽하게 이용하는 지능형 헌터"

[더 게이트] 1위 백수현? '룰을 악용했다' 강력 비판 피할 수 없을 듯

얼음성 지하에서 게이트 테러리스트들과 전투를 벌인 것은 비공개 처리하기로 결정된 상황.

그렇기에 게이트 기자들이 최원호의 1위 성적과 '꼼수'에 대해서만 쓰니, 여기에만 각양각색의 반응을 보이고 있었다.

-1위 2위 성적 차이가 10배라던데.

-ㅁㅊㅋㅋㅋ 시험 밸런스 개조졌네ㅋㅋㅋㅋㅋ

-친구가 참가자였는데 백수현이 다른 헌터들 삥뜯어서 점수 올렸다네요;;;;;

-ㄴ엥? ㄹㅇ??

—ㄴㄴ게이트 폭력 멈춰!

—멈춰!

—와 그딴 게 뭔 헌터라고ㅋㅋㅋ 걍 일진이자너ㅎ 레이드도 다른 헌터들 셔틀시키나?ㅋ 씨×럼 차원 역류해서 뒈졌으면 좋겠다ㅋㅋㅋ

—미친놈들아 다른 기사는 읽어 보고 댓글 싸냐? 딴 놈들 시험 푸는 거 도와주면서 점수 낸 거라고 하드만 멀쩡한 헌터를 일진으로 만드네ㅉㅉㅉ

—ㅋㅋㅋㅋ학창시절 ptsd 와서 그럼ㅋㅋㅋ

—아니 그래도 그러라고 만든 시험이 아닌데 그렇게 하면 안 돼죠

—ㄴ '되'

—ㄴㄴ안댈건뭔대ㅋㅋㅋㅋ누가 정해젔냐? 백주현이 대가리 잘 굴려서 이득본거고 차통청에서도 인정해줬는데? 근데 방구석찌그래기가 어디서 되고 말고를 따지고 앉앗어?ㅋㅋㅋㅋㅋㅋ

—ㄴ백'수'현이다 병1신아..

이처럼 최원호의 시험 성적과 수행 방식을 놓고 갑론을박을 벌이기도 했다.

몇몇은 클로저스 클랜과 백수팀장이라는 이름이 북한산 '선녀 원혼의 게이트' 폐쇄 사건에서 등장했었다는 사실을 끄집어내며 음모론을 제기하기도 했다.

차원통제청이 신인류 또는 테러리스트 단체와 손잡고 자

작극을 벌였다는 얼토당토않은 이야기였다.

　－저런 새끼들은 키보드 압수해야 돼
　－ㅋㅋㅋㅋㅇㅈ합니다
　－전에 어떤 놈은 서울역에 게이트가 숨겨져 있는데 그게 무슨
천마신교의 성지라는 둥 ㅈㄴ진지하게 헛소리 하더라고 ㄹㅇ 믿을
뻔햇자넣;

　하지만 이처럼 시끄러운 목소리들 사이에서도 제대로 논
의되지 않는 문제가 있었다.
　바로 신인류라는 정체불명의 괴 조직에 대해서였다.
　몇몇은 대체 신인류가 무엇을 위해 특별 인증 시험을 방해
하고 참가자들을 죽였는지 의아하게 생각하고 있었지만, 그
것은 정말 소수 의견에 불과했다.
　대부분의 사람들은 '해결사 올노운', '1위 백수현', '무능력
한 차원통제청', '30여 명의 사상자' 등의 간단하고 자극적인
키워드에만 집중하고 있었다.
　정작 신인류에 대해서는 그저 새로운 종류의 테러리스트
단체 정도로 인식하는 중이었다.
　바로 유광명의 노림수였다.
　'지금은 우리 차원통제청이 욕을 먹더라도 일단 신인류의
존재감은 최대한 숨겨 둔다.'

그래야만 놈들의 뒷배를 쉽게 추적할 수 있으리라는 판단 때문이었다.

모두가 주목하지 않는 사이.

"……그럼 신인류 조사단의 특무조는 클로저스 클랜의 마스터가 지휘하는 것으로 결정하겠습니다."

신인류 조사단의 지도부 회의에서는 최원호에게 특무조장의 지위를 부여하기로 결정했다.

물론 모두가 찬성한 것은 아니었다.

"검증 과정이 너무 부실한 것 같은데요."

"이제 갓 R등급에 진입한 조무래기에게 무슨!"

"쯧쯧, 올노운 마스터가 무리수를 두는군."

"……난 분명 반대했어요."

네 명의 클랜 마스터들이 그 결정에 반대를 표한 것이다.

스노잉패닉, 블랙나이트, 오성 그룹. 거기에 붉은손까지.

무진 그룹과 올노운의 원톱 체제를 견제하는 클랜 마스터들은 하나같이 그 결정에 혀를 차고 있었다.

'내부 첩자가 아니더라도 신인류 조사단이 하나로 단결하기는 힘들겠군.'

백십자 클랜의 윤동식 마스터는 그 모습을 면밀히 관찰하며 메시지를 보냈다.


-스노잉패닉, 블랙나이트, 오성그룹, 붉은손. 이 네 클랜

을 경계하도록 벌써 자넬 올노운 측 사람으로 인지하고 정
치질을 시작했으니 말이야,

막 시험장을 빠져나와서 기자들의 질문 세례를 피해 차에
오른 최원호는 곧바로 답장을 보냈다.

　-감사합니다. 경계하겠습니다.

사실 그에게는 특무조장이나 클랜들의 정치질보다도 더
신경 써야 할 문제가 있었다.
"어이, 백 팀장."
막 출발하려는 차의 유리를 똑똑 두드리는 유광명.
차창을 내리자 그가 하얀 이를 드러내며 웃었다.
"우리 청장님이 보자시더군. 이틀 뒤에 차원통제청 청사
로 오도록. 거절하면 오해가 좀 생길 수도 있어? 으하하하!"
"……."
바로 차원통제청의 수장인 김서옥을 대면하는 일이었다.

◆

이틀 뒤.
세종시 정부청사.

"안녕하십니까. 저는 청장님의 비서관을 맡고 있는 박수경이라고 합니다. 클로저스 클랜의 백수현 님 맞으시죠?"

"……예."

나는 살짝 굳은 표정으로 차원통제청으로 들어서고 있었다.

화사한 웃음으로 자신을 소개한 박수경 비서관은 뭐가 그리 재밌는지 웃음기를 지우지 않고 있었다.

"혹시 차원통제청은 처음이신가요?"

그 질문에 나는 잠시 생각하다가 대답했다.

"글쎄요. 처음인 것 같기도 하고 아닌 것 같기도 하고……."

이건 대답하기 싫다는 것을 돌려서 말한 것이었다.

박수경은 그 의미를 곧바로 알아차렸는지 손을 내저었다.

"아, 오해하지 않으셨으면 좋겠네요. 헌터님만 괜찮으시면 차원통제청 내부 시설을 견학시켜 드리라는 청장님의 지시가 있었을 뿐입니다. 헌터님의 정체를 추측하려는 의도는 없었습니다. 그렇게 비춰졌다면 사과드리겠습니다."

정중히 허리를 굽히는 박수경.

여자의 얼굴이 살짝 굳어져 있는 의미는 명백했다.


-이렇게 예쁜 나를 곤란하게 만들 거야?

-남자라면 내 호의를 무시하지 않겠지?

-자, 어서 내가 하자는 대로 해.

'······미인계.'

능숙한 솜씨였다.

게다가 박수경은 그 계책을 선택할 자신감과 더불어 자유자재로 쓸 수 있을 만큼 매우 뛰어난 미모를 갖추고 있기도 했다.

하지만 난 그저 고개를 끄덕이는 것으로 대답을 대신했다. 나에게 이딴 수법이 통할 리가 없었으니까.

그리고 무엇보다······.

'차원통제청에 와 본 적이 있냐고?'

별것 아닌 것처럼 들리지만 의외로 이건 꽤나 민감한 문제였다.

'한 번이라도 차원통제청을 방문한 헌터들은 모두 라이선스를 조회하고 기록해 두거든.'

지구로 돌아온 뒤로 시간이 꽤 흘렀지만 난 아직 내 정체를 감추고 있는 상태였다.

클로저스 클랜의 마스터 '백수팀장'.

블랙펑거 클랜의 F1급 헌터 '백수현'.

최근 두 신분이 하나로 합쳐지긴 했지만, 내가 이스케이프 클랜에 몸담고 있다가 차원 역류에 휘말렸던 'zero9'임은 철저하게 비밀에 부치고 있었다.

그런데 차원통제청을 방문한 경험이 있느냐고 묻는 것은 백수팀장이나 백수현이 아닌 다른 신분의 가능성을 유추하려는 시도와 맥이 닿아 있었다.

'헌터가 남기는 걸음걸이, 족적, 지문 같은 정보도 수집해 둔다는 이야기도 있고.'

원래 신변 조사라는 것은 이렇게 사소한 지점부터 시작되는 법이다.

물론 내가 최원호라는 사실은 언젠가 드러나게 될 것이다.

하지만 그건 내가 준비되었을 때 이루어져야만 했다.

'적어도 오늘은 아니야.'

"견학은 됐습니다. 청장님이 기다리실 텐데 어서 가시죠."

"아, 알겠습니다."

내가 조용히 말하자, 박수경은 살짝 놀란 눈치였다.

그리고 눈을 내리깔며 공손하게 몸을 돌렸다.

나는 그녀의 안내를 받아 정부청사의 최상층으로 향했다.

그곳에 김서옥이 있었다.

긴 백발을 한 갈래로 묶어 낸 노년의 여성 헌터.

"반가워요. 김서옥입니다. 앉으세요."

소파에 앉은 노파가 은은한 위압감을 풍기며 나에게 손짓을 보내고 있었다.

'절대 만만하진 않겠지.'

하지만 나는 이곳에서 얻어 낼 것을 확실하게 얻고 돌아갈 자신이 있었다.

'참 잘생겼구먼.'

노파의 눈길이 최원호를 빠르게 훑었다.

그렇잖아도 큰 키인데, 그 덩치를 강조하듯이 온몸에다 근육을 단단하게 붙인 젊은 남자.

"안녕하십니까."

아직 앳된 느낌이 얼굴에 남아 있었건만 청년은 서 있는 것만으로도 위압적인 느낌을 풀풀 풍기고 있었다.

김서옥은 깊은 흥미를 느낄 수밖에 없었다.

그에게서 느껴지는 특별한 힘이 있었으니까.

'이건…… 단지 덩치 때문이 아니로군.'

유광명도 비슷한 거구였으나, 강체 특성을 사용하지 않은 평소 상태에서는 그저 잘 단련된 중년 배우처럼 보였다.

그러나 백수현은 정반대였다.

지금 막 정글에서 튀어나온 전사처럼 거친 기세를 사방으로 쏟아 내고 있었다.

방금 전쟁터에서 돌아왔다고 해도 전혀 이상하지 않을 것 같았다.

어떻게 고작 20대 초중반의 꼬마가 이런 느낌을 풍길 수 있을까?

"……커피? 아니면 녹차?"

자연스럽게 질문을 던지며 청장은 비서관과 짧게 눈빛을 교환했다.

'뭔가 알아낸 것 있나?'

하지만 박수경은 가만히 고개를 저어 보였다.

'없습니다. 아주 철저했습니다.'

'쯧.'

속으로 혀를 차는 노파.

차원통제청장은 자신의 비서관을 시켜서 백수현의 배경에 대해 조사해 보려고 했다.

비서관 박수경은 누구나 눈이 확 뜨일 만한 미모의 재원.

남헌터들을 상대로 이런 공작의 성공률이 꽤나 높은 편이었다.

하지만 그마저도 전혀 통하지 않은 듯했다.

'혹시 취향이?'

뭔가 이상한 생각을 하고 있는 김서옥을 향해 최원호가 입을 열었다.

"전 물이나 한 잔 주십시오."

"……."

고요한 눈빛으로 자신을 바라보는 남자의 눈을 마주하기가 쉽지 않았다.

이제 고작 이제 R1급에 올랐을 텐데 말이다.

"그래요. 시원한 물 한 잔 드리죠."

"감사합니다."

아무렇지 않은 태도를 주의 깊게 관찰하며 김서옥은 머릿속으로 정보들을 정리했다.

'우선 창덕궁 좀비 게이트를 폐쇄시킨 장본인.'

그리고 윤동식 마스터의 딸을 구해 내면서 백십자 클랜을 등에 업고 있고.

'몇 군데의 하위 등급 게이트들을 엄청난 속도로 공략한 실력자라고 보고받았다.'

블랙핑거 클랜의 지휘권 분쟁에서 신인류의 개입을 밝혀 내어 올노운의 신임 또한 얻은 것으로 알려져 있다.

……마지막으로 차원통제청이 직접 주관한 특별 시험에서 수석을 차지하기까지.

'이게 전부 업계에 등장한 것과 동시에 일어난 일이라니, 어처구니가 없구먼.'

불과 석 달도 안 되는 짧은 기간에 이뤄 낸 성장이자 업적은 좀처럼 믿기 어려운 것이었다.

또한 발걸음마다 신인류와 밀접한 연관이 있었기에 김서옥은 상대가 신인류 내부자가 아닐지 의심하기도 했다.

얼음성에서 최원호를 만난 유광명이 대뜸 공격을 퍼부은 것은 그러한 이유였다.

하지만 의혹은 사실이 아닌 것으로 확인되었다.

'정작 신인류는 평범한 헌터들 사이에 잠입해 있는 것으로

파악되었다.'

특별 인증 시험의 감독관으로 위장하여 들어갔던 유광명은 오히려 이런 보고서를 올리기도 했다.

⟨신인류-테러리스트 밀접한 연관이 있는 것으로 파악. 현재 백수현이 추적 중. 우리 측에 큰 도움이 될 것으로 판단됨.⟩

도리어 이 남자가 신인류나 테러리스트 집단을 추적하는 작업에 도움이 될 것이라는 보고였다.

그러나 뭔가 찜찜한 것을 지울 수가 없었다.

'너무 어린데, 너무 뛰어나.'

세계적인 마법 천재로 손꼽혔던 '헌드레드'도 이 정도까지는 아니었다.

그렇다면 남은 가능성은 하나뿐.

'……경력자의 기만이겠지.'

어디서 얼마나 활동한 헌터인지는 모르겠지만, 엄청난 경지에 도달하여 모습을 바꾸어 나타났다는 결론이었다.

이것은 눈앞의 상대가 어떤 생각을 품고 있는지 알 수 없는 인물이라는 뜻이기도 했다.

'선인일 수 있지만, 악인일 수도 있다.'

김서옥은 차원통제청장으로서 이러한 불확실성을 최대한 배제하고자 노력했으나 아직 별다른 성과가 없는 상황.

'쯧, 결국 주변을 캐내 봐야 하나?'

그다지 좋은 선택지는 아니었다.

거의 무조건적으로 악감정을 쌓게 되는 일이었으니까.

하지만 차원통제청에서는 만에 하나를 대비하기 위해 정보 수집을 시작한 상태였다.

"……."

머릿속으로 많은 생각을 떠올리며 김서옥은 최원호를 지그시 바라보았다.

그리고 내내 생각해 왔던 첫 번째 질문을 던졌다.

"창덕궁의 게이트 폐쇄. 그 사건은 헌터님이 의도했던 겁니까?"

그러자 상대는 어이가 없다는 듯이 웃었다.

"아뇨, 그 반대입니다. 저도 그 사건의 피해자입니다. 단지 귀찮아지는 것이 싫어서 발을 뺐을 뿐이죠. 당시에 정확히 뭐가 어떻게 된 건지 전혀 모릅니다."

"자세히 말씀해 주시지요."

"갑자기 이상 현상이 일어나서 게이트가 초기화되었고, 열심히 싸우면서 사람들을 대피시키고 있는데 또 갑자기 게이트가 폐쇄됐습니다. 그게 끝이고요."

"하지만 당시 안전팀장 이야기로는 헌터님이 자처해서 마지막에 남았다던데……?"

"네, 그렇지만 저는 따로 드릴 말씀이 없습니다. 모르니까요."

최원호는 모르쇠로 일관하기로 했고…….

'모른다?'

김서옥은 그 당당함에 할 말을 잃고 말았다.

하지만 어떻게 몰아붙일 방법이 없는 상황이었다.

평범한 20대 청년이라면 윽박질러서 기를 죽이고 뭔가 정보를 뽑아낼 수 있을 텐데.

'무슨 기세가…….'

도무지 빈틈이 보이지 않았다.

SSR급 랭커 출신이었던 자신이 상대임에도 기 싸움에서 전혀 밀리지 않았다.

'이건 역시 상식적이지가 않아.'

그렇다고 해서 범죄자 다루듯이 대놓고 정신 압박을 넣을 수도 없는 일이다.

"……알겠습니다. 그럼 그 건에 대해서는 아는 게 없으시다는 것으로 알고 있겠습니다."

어쩔 수 없이 물러선 김서옥.

하지만 다음은 다를 것이라고 생각했다.

차원통제청장은 주름진 입가에 미소를 띠며 입을 열었다.

"헌터님이 부산에서 사용했던 그 오토바이 말입니다."

윤희원을 구해 낼 때 사용한 에어바이크.

지금 이 질문에는 절대 모른다고 대답할 수 없을 테니까.

"마이스터 손의 작품이라고 알려져 있던데, 그 물건의 출처는 어디지요? 어떤 경로로 얻으셨습니까?"

"아아, 그건……."

최원호가 곤란한 기색으로 뺨을 긁적이자 김서옥은 속으로 씨익 웃었다.

"혹시 암시장에서 구매하신 것 아닙니까?"

"……."

상대에게서 대답은 돌아오지 않았지만 제대로 걸렸다는 느낌이었다.

그녀는 소파 등받이에 몸을 기대며 팔짱을 낀 채 득의양양한 미소를 지었다.

"헌터님, 알다시피 암시장을 이용하는 것은 명백한 불법 행위입니다. 저희 차원통제청의 주요 단속 대상이기도 하죠. 특히 최근에는 단속을 조금 강화하고 있는 상황이고요."

이를 통해 김서옥은 상대를 적당히 옭아맬 생각이었다.

'아까처럼 세게 나올 순 없을 거다.'

뻣뻣한 상대에게 심리적인 압박감을 주면서 그녀가 원하는 이야기가 나오도록 만드는 것.

이것이 차원통제청장의 포석이었다.

"물론 관행적으로 엄격하게 처벌하지는 않습니다. 저희도 이해하니까요. 헌터들이 다양한 경로를 통해 장비를 입수하고 활용할 필요가 있다는 것, 저도 헌터 출신이라서 알고 있습니다. 하지만 그 오토바이는 조금 특별하더군요."

노파는 손깍지를 끼우며 날카롭게 웃었다.

"진품인지는 모르겠지만 마이스터 손의 작품이라면 저희 차원통제청에서는 '특수 감시 물품'에 해당하는 물건입니다. 그러니까 블랙리스트에 들어 있는 장비라는 말이죠."

"……오호."

'오호?'

괴상한 감탄사에 김서옥은 미간을 가볍게 찌푸리며 목소리의 톤을 높였다.

"헌터님? 지금 상황을 파악하지 못하신 모양인데, 그 블랙리스트의 물품을 불법적으로 유통하는 경우엔 라이선스 취소가 기본입니다. 무슨 말인지 아시겠습니까?"

상대는 단숨에 R1급에 오른 참이다.

'어렵게 얻은 성과를 며칠 만에 물거품으로 만들고 싶진 않겠지.'

더구나 클랜 마스터로서 라이선스가 취소되는 것은 클랜의 존립을 위태롭게 하는 문제이기도 했다.

김서옥은 자신의 노림수가 신의 한 수가 될 것이라고 믿어 의심치 않았다.

하지만 뜻밖의 대답이 나왔다.

"제작자로부터 직접 인수받았습니다. 그래도 문제가 됩니까?"

"······?"

차원통제청장은 그 말을 알아듣지 못하고 되물을 수밖에 없었다.

"본인이라뇨? 누가 본인입니까?"

'누가 본인이냐니, 증거를 보여 줘야 하나?'

그렇다면 못할 것도 없다.

최원호는 피식 웃으면서 아공간 주머니를 열었다.

[알림 : 대형 장비가 등장합니다.]

[안내 : 협소한 공간에 주의하십시오.]

언뜻 보기에는 이해할 수 없는 큼직한 기계 덩어리였다.

하지만 그것이 자동으로 분해되고 재조립되기 시작한 순간.

철컥, 철컥! 쿵−!

그 문제의 에어바이크가 차원통제청장의 집무실에 떡하니 등장했다.

그녀가 방금 지적한 바로 그 물건이었다.

'세상에, 저게 아공간에 들어가는 거였나? 이런 미친 기술력이······!'

모습을 드러낸 실물에 김서옥은 앉은 자리에서 반쯤 몸을 일으켰다.

그리고 최원호는 이미 소파에서 일어나서 에어바이크로

다가가고 있었다.

"보여 드리죠, 마이스터 손 본인에게 직접 받았다는 증거."

연료 통에 새겨진 명장의 낙인에 손끝이 닿았다.

그러자 마력이 안개처럼 일어나며 남자의 팔목을 휘감았다.

마치 바이크와 남자가 연결되어 있다는 것처럼.

"그, 그건……!"

김서옥은 그 현상이 무엇을 의미하는지 잘 알고 있었다.

'제작자가 직접 새긴 각인!'

낙인을 일종의 마법진으로 활용해서, 도난은 물론이고 양도마저 불가능하게 막아 버리는 귀속 효과를 부여한 것이다.

즉, 마이스터가 직접 소유권을 건네주었다는 증표였다.

이제 확실하게 알았을 터.

'이건 내가 장비를 암시장에서 구했다면 절대로 가질 수 없는 효과거든.'

블랙핑거의 클랜 하우스에 둥지를 튼 손철만이 직접 부여해 준 부가 기능이었다.

"그, 그렇다면 정말로 마이스터가 직접……?"

"네, 마이스터 본인에게 직접 받았습니다. 아까 말했듯이 말입니다."

에어바이크의 연료 통을 통통 두들기며 미소 짓는 백수현에 김서옥은 할 말이 없어졌다.

'그 깐깐한 손 선생이 귀속까지 걸어 주었다니, 이런 경우

는 본 적이 없는데?'

대충이나마 손철만의 성격을 알고 있는 그녀로서는 얼굴이 딱딱하게 굳어질 수밖에 없었다.

슬며시 자세를 고쳐 앉은 노파의 목소리가 조심스러워졌다.

"헌터님, 외람되지만 마이스터님과는 어떤 관계이신지요?"

"하하, 외람되게 그런 것까지 알려 드릴 의무는 없다고 봅니다만."

"윽……."

김서옥은 비로소 확실하게 깨달았다.

눈앞의 남자가 자신의 생각보다도 더 만만히 볼 상대가 아니라는 것을.

오히려 경계하고 주의해야 할 정도로 거물임을 뒤늦게 알아차린 것이다.

'진짜 정체가 뭐지?'

최원호가 입을 연 것은 바로 그때였다.

"저에 대해 미심쩍은 부분이 해결되었다면 이제 좀 더 생산적인 이야기를 했으면 합니다만."

생산적인 이야기라…….

이 말이 이렇게 무섭게 들릴 수 있는 거였나?

김서옥은 바짝 정신을 차리자고 다짐하며 애써 미소를 띠웠다.

"그럼요. 뭐든지 말씀해 보시죠."

최원호는 조용히 입을 열었다.

"첫 번째로 사하라사막에 가고 싶습니다. 도와주시죠."

"사하라사막요? 혹시 등급 외 게이트인 영원 모래 미로를 말씀하시는 겁니까?"

"네, 이집트 정부에 제출할 추천서를 써 주셨으면 합니다."

그러자 김서옥의 표정에 난감함이 어렸다.

"아, 그건 저로서도 쉽지 않은 일입니다. 제 이름이 들어간 추천서를 쓰는 건 청와대에도 보고가 필요한 일이기 때문이지요."

청장의 목소리 역시 난처함을 표하고 있었다.

하지만 속에서는 혜택을 주는 만큼 무엇을 돌려받을지에 대해 주판알을 튀기는 중이었다.

최원호는 그 속내를 비웃듯이 두 번째 요구 사항을 말했다.

"두 번째로 신인류 조사단의 특무조원들을 거기에 대동할 수 있게 해 주십시오."

"예?"

"신인류나 테러리스트가 아닌 것으로 확실히 검증된 인원들입니다. 전 이들을 폭발적으로 성장시킬 필요가 있다고 봅니다. 그러니 차원통제청에서도 협조해 주셨으면 합니다. 그게 대한민국 게이트 안보를 위하는 일 아니겠습니까?"

"……."

즉, 자신의 성장이 아니라 신인류 조사단에 합류한 특무조원들의 레벨 업을 위한 것이라고 명분을 삼은 것이다.

이렇게 되면 개인적인 부탁을 들어주는 것이 아니게 되므로 거래를 걸 수가 없게 된다.

'와, 정말이지 만만하지가 않아.'

"가능하시겠죠? 청장님?"

"아, 일단 검토를 좀 해 보겠습니다."

"이틀 안에 답변해 주시면 감사하겠습니다. 만약 우리나라 정부에서 불가능하다면 저도 다른 곳에서 방법을 찾아야 하니까요."

간접적이고 은은한 협박까지.

차원통제청장은 속으로 혀를 내두를 수밖에 없었다.

"……알겠습니다. 최대한 빨리 답변 드리겠습니다."

최원호는 빙긋 미소 지으며 몸을 일으켰다.

"긍정적인 답변 기대하겠습니다."

"예……."

뭔가를 캐내기 위해 그를 불러들였다가 거꾸로 털려 버린 김서옥 청장은 멍한 기분으로 고개를 끄덕였다.

# 추적하는 뉴비 (1)

이튿날, 대한민국 게이트 업계가 다시 소란스러워졌다.

포털 사이트를 뒤덮은 긴급 속보들이 그 요란한 설왕설래를 단적으로 표현하고 있었다.


[헌터 포커스] 〈속보〉 신인류 조사단의 특무조 25인 '사하라 사막 게이트' 도전 발표.

[마이 히어로] 김서욱 청장, "대통령과 외교장관의 수고에 감사, 반드시 성공시킬 것"

[오늘의 공략] 〈석형우의 시선〉 등급 외 게이트 '영원 모래 미로'는 어떤 곳인가?

[뉴스 오브 헌터] 논란의 특무조장이 이끄는 사막 원정

대…… 성공 가능성은?

게이트 언론들이 일제히 대서특필하자 네티즌들도 미친 듯이 댓글을 달아 대고 있었다.

  -와! 사하라 게이트! 아시는구나! 존.나.어.렵.습니다.
  -우리 헌터들 응원합니다! 다들 모두 좋은 성적으로 무사통과하시길~~!
  -얼ㅋㅋ사하라게이트ㅋㅋㅋ 우리나라 헌터들 중에 몇 명이나 통과했더라~~? 사실상 무덤 아니었음?ㅋㅋㅋㅋ
  -ㄴㅇㅇ 10명도 통과 못했징 그중에 100위 안에 이름 올린 헌터는 올노운 정석진 진세희 헌드레드 4명뿐이고
  -초대형 헌터 판독기 성능 확실하네ㅋ
  -저번 특별 인증 시험도 그렇고ㅋ 차원통제청에서 계속 뭔가 꼼지락꼼지락 하는거같은데ㅋ 뭘 노리는 건지 모르겠네ㅋㅋ 세금 아깝다ㅋㅋ
  -이 씹새끼들,, 대한민국 헌터들이,, 목숨 걸고 해외까지 나가서,, 힘을 길러온다는데,, 응원은 못해 줄망정,, 아주 저주를 퍼붓는구나, 퉤!
  -ㄴ아니 뭔;;; 관심을 줘도 ㅈㄹ이여;;; ㅋㅋㅋㅋㅋㅋ

별소리가 다 나오고 있다.

"……그래도 김서옥 청장이 생각보다 빨리 해 줬네."

내가 들이댄 협박이 나름대로 효과를 거둔 모양이다.

어쩌면 저쪽에선 나와의 관계 자체를 재설정하고 싶어 하는 것일지도 모르겠다.

"원호야, 자고 일어났더니 부재중 전화가 50통 넘게 찍혀 있더라? 이거 국내에서는 몇 사람 모르는 번혼데? 너 혹시 어디다 내 이름 팔아먹은 거 아니지?"

장난스럽게 눈썹을 꿈틀거리는 철만 아저씨.

'나는 이 거장과 연락을 주고받는 채널이지.'

그것만으로도 김서옥 청장은 나에게 최선을 다해야 하는 이유가 생긴 셈이다.

"에이, 팔아먹은 건 아니고요."

"그럼 뭔데?"

"의혹 해명?"

"아닌 것 같은데. 이거 아무래도 김서옥 청장한테 팔려 나 간 것 같은데……."

마이스터는 낄낄거리며 전화번호를 차단해 버렸다.

듣자 하니 김서옥과는 현역 헌터였던 시절에 안면이 있다 고 했다.

……혹시?

"참고로 나 그 아줌마 안 좋아한다. 처음부터 통밥 굴리는 게 영 마음에 안 들었어. 그리고 청장 되더니 더 심해진 거

같더구나. 속이 시커먼 것들은 딱 질색이야."

그러니까 이건 김서옥의 외로운 짝사랑인 모양이다.

"음, 좋아. 아주 좋군."

작업실에 정갈하게 비치된 장비들을 흐뭇하게 바라보는 철만 아저씨.

그는 콧노래를 부르며 쇳덩어리와 마력석들을 골라내다가 나를 슬쩍 바라보았다.

"사막 가는 거, 자신 있지?"

나는 피식 웃었다.

"당연하죠. 걱정하지 마세요."

아프리카 북부를 가득 채우고 있는 사하라사막.

사실 '사하라(Sahara)'라는 말 자체가 아랍어에서 '사막'을 의미한다고 하니, 사하라사막은 사막 그 자체라고 해도 과언이 아니었다.

그리고 그곳에 문제의 게이트가 있었다.


〈영원 모래 미로〉

[게이트] 거대한 사막 아래에는 더더욱 거대한 미로가 잠들어 있습니다. 이 변화무쌍한 미로를 정복하는 자에게는 상상할 수 없는 보상이 주어질 것입니다.

등급 : 알 수 없음

미션 :

1. 살아남으십시오.

2. 미로를 통과하십시오.

현재 상태 : 도전을 기다리고 있습니다.


여타 게이트와는 완전히 다른 형식이다.

보통 게이트에서는 헌터들이 몬스터들을 사냥하고 미션을 달성해서 공략하는 과정을 겪게 되지만…….

'여긴 사냥도 없고 미션도 없어.'

아니, 정확하게 말하자면 사냥도 있고 미션도 있으나 그딴 게 중요한 것이 아니었다.

기록 경쟁.

모래 미로를 얼마나 빨리 통과하는지가 이 게이트의 관건이었다.

몬스터는 등장하지만 사냥하지 않고 피해서 달려도 괜찮고.

미션은 그저 살아남아서 미로를 통과하라는 목표를 제시할 뿐…….

'공략도 없고 게이트 폐쇄도 없다.'

이 등급 외 게이트의 존재 이유는 오로지 뛰어난 통과 성적을 기록한 헌터들에게 그만큼의 보상을 안겨 주는 것이었다.

물론 마구 퍼 주는 것은 아니다.

─한 달에 한 번. 정확히 1백 명의 헌터들만 입장할 수 있도록 제한한다.

실패하면 죽음이다.

설령 완주에 성공하더라도 상위권에 들지 못하면 영 시원찮은 것을 손에 쥐게 된다.

하지만 실력이 받쳐 준다면…….

거기에 운이 좋아서 역대 참가자들의 성적을 깨고 신기록을 세우게 된다면……?

'최상위권 랭커들도 군침을 흘릴 만한 보상을 얻게 될 거야.'

막대한 경험치와 강력한 아티팩트.

새로운 스킬과 특별한 소환권까지.

마치 이 세상의 주인공이 된 것처럼 엄청난 혜택을 품에 안게 될 것이다.

그렇기에 해당 게이트를 관리하는 이집트 정부는 상당히 고압적인 자세를 취하고 있었다.

세계 클랜 협의회를 통해서 각국 정부에게 '추천서' 제도를 사용하겠노라고 통보했다.

각국에 일종의 T/O를 나누어 주되, 그 국가수반과 명망 있는 헌터의 추천서가 제출되어야만 인정하겠다는 식이었다.

'그런데 내가 스물다섯 명을 한꺼번에 데리고 가겠다고 했으니.'

김서옥 청장 입장에서는 머릿속이 아득해졌을 거다.

'이번 달에 들어갈 수 있는 인원의 1/4을 한국인으로 채워 달라고 요청받은 이집트 정부에서도 난색을 표했겠고.'

하지만 결과적으로는 통과되었다.

중간에서 '마이스터 손', '올노운', '백십자 클랜'과 같은 거물의 이름들이 큰 몫을 해 준 듯했다.

"그래서 언제 출국한다고?"

"일요일입니다."

"3일 남았구나."

"이집트 도착해서 현지 적응도 좀 하고 그래야죠."

내가 설명하자 철만 아저씨는 가만히 고개를 끄덕였다.

그리고 나를 향해 손짓했다.

"잠시 이쪽으로 와 보거라."

"뭔데요?"

그가 가리키는 곳.

하급 마력석들이 어지럽게 널린 테이블 한가운데에 한 장의 설계도가 놓여 있었다.

'마력의 대규모 집약과 공간 왜곡, 강제 평면 구축, 트랜스폼, 압축력 역산, 티어링 후처리……'

설계도의 전체적인 그림을 읽어 나가던 나는 눈을 크게 떴다.

'절대 보통 장비가 아니다.'

철만 아저씨는 신비롭게 웃고 있었다.

"무슨 원리인지 알아보겠냐?"

"설마 게이트 탈출 장비의 설계도입니까?"

"그래, 맞다."

"……!"

부산의 용암 거인 게이트에서 빠져나오던 당시.

철만 아저씨는 본인 게이트 출구가 아닌 다른 곳을 찢고 나왔다고 이야기했었다.

아직 완성 단계가 아니라고 했던 그 기술.

"게이트 강제 탈출! 완성하신 겁니까?"

"음, 이것도 아주 완전한 건 아닌데. 그래도 너라면 얼추 원리를 파악할 수 있을 테니 뭔가 돌발 상황이 생겼을 때 대처할 수 있겠지. 바이크 꺼내 보거라. 장착해 줄 테니."

"아, 예."

나는 에어바이크를 꺼냈고 아저씨가 게이트 탈출 장비를 추가 장착하는 동안 그 설계도를 유심히 살펴보았다.

그리고 이내 깨달았다.

'이건 단순한 공간 왜곡 기술이 아니야. 그보다 공간을 비틀어 짜서 뭔가 새로운 현상을 이끌어 내는 유도 기술에 가까워.'

마법사들의 텔레포트가 공간을 한 방향으로 접어서 간격을 점프하는 기술이라면.

이 탈출 기술은 공간의 일점에다 어마어마한 마력을 투사시키고…….

그 밖의 공백에서 비롯되는 마력의 부재를 이용하여 계외(界外)의 공간에 접촉하는 것이었다.

'일종의 드릴이라고 해야 할까?'

한참이나 그 설계를 살펴보던 나는 아저씨에게 질문할 수밖에 없었다.

"그냥 아무데서나 장치를 가동시키기만 하면 되는 건가요? 다른 제약 조건은 없습니까?"

그러자 돌아오는 묘한 대답.

"디멘션 하트와 최대한 멀리 떨어지는 게 좋아."

"이유는요?"

"왜곡이 일어날 확률이 높은 걸로 계산됐다. 장비의 활동이 불안정하기도 하고. 근데 정확한 이유는 나도 모르겠더라. 디멘션 하트에 담긴 마력이 특별한 건지…….."

"혹시 디멘션 하트 가까운 곳에서 장비를 작동시켜 본 적은 없으시죠?"

"그렇지. 단순 계측은 해 봤지만."

그의 말에 나는 천천히 고개를 끄덕였다.

"잘하셨네요. 하마터면 큰일 날 뻔했어요."

"음? 뭐 짚이는 거라도 있냐?"

"……."

그랬다.

아저씨가 그려 둔 게이트 탈출 장치의 설계도를 읽어 낸 순간, 내 머릿속으로 뭔가 떠오른 것이 있었다.

'어쩌면 차원 역류를 인위적으로 만드는 것도 이 원리와 관련이 있을지도 모른다.'

철만 아저씨가 신인류의 예언자가 게이트를 역류시키는 노하우의 한 일면을 짚어 낸 것일지도 모르겠다는 생각이었다.

"사하라 게이트에는 디멘션 하트가 발견되지 않았다고 하니, 어디서 쓰든 큰 문제는 없을 거다."

"……그렇겠네요."

'이 기술이 차원 역류와 관련이 있을 수 있다고 말씀드리면 난리가 나시겠지.'

영하 누나를 찾을 수 있는 힌트나 다름없으니 말이다.

하지만 나는 일단 입을 다물었다.

아직은 확실하지 않다.

'그리고 위험하지.'

좀 더 확실한 무언가를 손에 쥐게 되면 파고드는 것이 훨씬 나았다.

그리고 그 단서는 멀리 있지 않았다.

'무진 그룹에서 데려간 신인류 조직원 세 사람.'

올노운이 그놈들을 잘 털어 낸다면 그 빌어먹을 '노하우'도 밝혀질 가능성이 컸다.

그때부터는 신인류를 일방적으로 때려잡기만 하면 될 것이다.

"……."

"자, 다 됐다. 여길 누르면 동작할 거다. 게이트 탈출 기능은 최후의 수단으로 생각하고 만전을 기해서 쓰거라. 알겠냐?"

"예, 아저씨."

나는 앞으로 펼쳐질 일에 대해 크게 걱정하지 않았다.

상황은 우리 편이라고 낙관적으로 생각하고 있었다.

<br>

하지만 그날 저녁…….

"여보세요? 운동식 마스터?"

-수, 수현 군! 큰일 났네!

다급한 목소리의 운동식이 나에게 전화를 걸어왔다.

"무슨 일이십니까? 설마 희원 씨가 어디 안 좋은가요?"

식겁을 한 듯한 음성에, 나는 갓 회복된 윤희원에게 다시 변고가 생겼나 싶었다.

그러나 전해진 소식은 전혀 예상하지 못한 것이었다.

-오, 올노운 마스터가 크게 다쳤네! 방금 무진 그룹의 클랜하우스에 테러가 일어났어!

"……예?"

며칠 전 내가 다녀갔던 삼청동의 클랜 하우스.

그 고풍스러운 기와집이 폭격을 맞고 주저앉았으며…….

─지금 올노운은 중환자실에 누워 있네. 생명이 위독할 정도로 크게 다쳤어! 아무래도 적의 공격을 무방비 상태에서 직격으로 맞은 것 같네.

……한국 최고의 헌터인 올노운이 자신의 검도 뽑지 못하고 당했다는 소식이었다.

그건 현장에 있던 무진 그룹의 1군 헌터들 대부분이 사망했다는 비보(悲報)이기도 했다.

─신인류 조사단에서 부단장을 맡기로 한 '붉은손'의 진세희 마스터가 상황을 수습하는 중일세.

'붉은손의 진세희 마스터.'

이스케이프와 자리를 다투는 국내 2위 클랜의 수장이며, 나를 올노운의 편으로 간주하고 견제하기 시작한 전설적인 여헌터였다.

"바로 가겠습니다. 삼청동에서 뵙죠."

─그래, 빨리 오게!

이집트로 출국하기까지 남은 시간은 3일.

그전에 올노운에게 무슨 일이 벌어진 것인지는 알아 둬야만 했다.

어떻게 세계적인 랭커가 손도 못 쓰게 정면에서 들이받을 수 있었는지는 파악해야만 했던 것이다.

'아무래도 그 세 명의 소행이겠지……?'

❧

[더 게이트] 〈속보〉 삼청동 인근에서 원인 불명의 마력 폭발 발생.

[영웅일보] 〈2보〉 무진 그룹의 클랜 하우스 부근인 것으로 파악…… 당국 '폭발 원인 파악 중'

"팀장님! 여기 생존자 발견했습니다!"

"아이, 씨×! 생체 반응 감지기에 간섭 일어나니까 접근하지 말라고요! 대체 몇 번을 말해야 됩니까!"

"야! 너희 뭐 하고 있어! 빨리 들것 가지고 오라고!"

장내는 완전히 아수라장이었다.

백십자 클랜의 마법사들, 차원통제청의 안전국 직원들, 119 구조대원들까지.

모두가 한데 뒤섞여 건물의 잔해를 들어내면서 악전고투를 벌이는 중이었다.

"……."

"……."

대강의 소식을 전해 듣고 왔음에도 불구하고 나와 신우는 아직도 어안이 벙벙했다.

"오빠, 이게 무슨 일이야? 올노운은 세븐 스타즈의 일원인데! 그런데 어떻게 이런 수법에 당할 수가……!"

"강하다는 게 무적을 의미하는 건 아니니까."

나는 입술을 꾹 깨물며 안쪽으로 다가갔다.

그러자 가슴팍에 빨간 손바닥의 엠블럼을 단 헌터들이 나를 가로막았다.

"뭡니까? 물러서세요."

바로 그때.

"아, 그 문제의 특무조장님이시네. 들어오라고 해."

여상스럽게 지나가던 여헌터가 손가락을 까닥거렸다.

평범한 인상에 평범한 차림.

하지만 신우는 여자의 정체를 알아보았다.

"붉은손의 클랜 마스터. 진세희. 저 여자야."

그 말에 나는 인상을 찌푸렸다.

"그러고 보니 얼굴을 또 바꿨다고 했었지."

"응."

4년 전, 내가 기억하는 진세희는 훨씬 화려한 이목구비를 자랑하며 마치 아이돌 가수 같은 느낌을 주는 여자였다.

그런데 지금은 무척이나 수수한 인상.

신우가 짧게 말했다.

"질렸대. 실력이 아니라 얼굴로만 평가당하는 것에."

뭐, 그럴 수도 있겠네.

나는 잠자코 그 뒤를 따라서 현장 안으로 들어섰다.

"수현 군!"

어디선가 윤동식 마스터가 튀어나왔다.

"기자들이 몰려드는 통에 일대가 마비됐을 텐데? 생각보다 빨리 왔구먼."

"에어바이크를 타고 왔습니다."

"아, 마이스터의 작품 덕분이었군."

그러자 진세희가 우릴 돌아보며 날카롭게 웃었다.

동시에 대뜸 던지는 말.

"지금부터 10분 드리죠. 구경 끝내고 나가 주시면 고맙겠어요."

"⋯⋯?"

대놓고 적개심이 펄펄 끓어 넘치는 목소리에 나도 그만 멈칫하고 말았다.

왜 저러지?

'예전엔 좀 냉철한 느낌이었는데? 올노운에게 오랫동안 밀려 있어서 까칠해진 건가?'

혹시 그게 아니라면?

"이봐요, 진세희 마스터! 말씀이 좀 심하⋯⋯."

내 옆에서 구경꾼2로 전락한 신우가 인상을 구기며 나선 순간.

"진세희 마스터, 내가 직접 불렀으니 그런 말씀은 삼가 주시오. 그리고 백수현 마스터도 조사단의 일원으로서 현장을 보고 수습을 도울 권리와 책임이 있지 않소?"

윤동식이 나서며 방패가 되어 주었다.

그리고 아닌 게 아니라, 이 급박한 상황은 당장 고양이 손이라도 빌려야 할 정도였다.

그것을 증명하듯 어디선가 또 누군가가 튀어나왔다.

"마스터 여러분! 이렇게 인사드리게 되어 유감입니다만, 저는 차원통제청 긴급안전국장 홍대윤이라고 합니다. 좀 도와주시겠습니까?"

일선에서 물러난 간부급 공무원들까지 대거 출동해서 움직이고 있는 마당이었으니, 진세희가 나에게 오라 가라 할 형편 자체가 아니었던 것이다.

"지켜보다가 도움이 안 되면 바로 퇴장시키겠어요."

웃기네.

'내가 도움이 안 될 리가 있나.'

난 그 말을 귓등으로 흘리며 돌아섰다.

"상황을 자세히 말씀해 주시죠, 홍 국장님."

"이 폭발은 지하층에서 시작되어 건물을 날려 버린 것으로 파악됩니다."

폭격은 지하층에서 일어났다.

"다행스럽게도 올노운 마스터는 정면에 충격을 받으면서

외부로 튕겨 나왔습니다만, 다른 헌터들은 고스란히 매몰된 상태입니다."

그래도 1층짜리 한옥이고, 인간의 수준을 초월한 1군급 헌터들이니 매몰쯤은 견딜 수 있지 않을까 싶었지만…….

"안타깝게도 대다수는 사망한 것으로 생체 반응이 탐지되고 있습니다. 폭발 자체에 워낙 강력한 파괴력이 있었던 것으로 판단됩니다."

폭발 공격 한 방으로 모두를 쓸어 버렸다는 것이다.

심지어 그 올노운도 견디지 못했을 만큼 강력한 공격.

'지금은 나도 그런 출력을 쏟아 낼 수 없는데.'

대체 뭐였을까?

"그런데 이상한 점이 있습니다."

음울한 눈으로 상황을 설명하던 안전국장이 뒤를 돌아보며 손가락을 흔들었다.

"그놈들이 없어요. 같이 폭사당했다면 흔적이 있어야 하는데, 왠지 전혀 보이질 않는단 말이죠."

"그놈들요? 누구……?"

"답답하시네. 그 세 명 말입니다! 올노운 마스터가 압송해서 온 신인류 조직원 세 사람!"

"……!"

"감쪽같이 없어졌습니다. 이것들이 대체 어디로 간 걸까요?"

당황한 클랜 마스터들의 눈빛이 허공에서 마구잡이로 부

딮쳤다.

공격의 진앙지에 있었을 그들이 사라졌다는 사실을 모두
가 이해할 수 없었던 것이다.

……그럼 이제부터 알아봐야지.

나는 신우에게 짧게 눈짓을 보냈다.

'심층 기억 제어, 이번엔 제대로 써 보자.'

'응, 알았어.'

우리는 폭발이 일어난 곳으로 향했다.

2시간 전.

무진 그룹의 클랜 하우스의 지하층 깊숙한 곳에서는 일곱
명의 헌터들이 팔짱을 낀 채 인상을 팍 찌푸리고 있었다.

"정말 한마디도 하지 않았단 말인가?"

"예, 정신술사들도 거의 포기 상태입니다. 정신 방벽에다
무슨 짓을 했는지 빈틈이 전혀 없다면서요."

"고위 조직원은 뭔가 다르다는 건가."

이곳은 지하에 마련된 조사실이었다.

올노운을 비롯한 무진 그룹의 1군 헌터들은 깊은 고민에
잠겨 있었다.

"……."

가만히 턱을 괸 한국 최고의 헌터는 어딘가를 향해 시선을 떼지 못하는 상태였다.

마치 철천지원수를 바라보는 것처럼 차갑게 가라앉은 눈동자는 특수 유리 너머의 조사실을 주시하고 있었다.

시각을 차단시킨 유리창 너머에는 두 개의 칸막이가 있어 세 개의 구획을 이루고 있었고.

각 구획마다 마력 수갑을 찬 신인류 조직원들이 앉아서 형형한 눈빛을 빛내고 있었다.

하나같이 자물쇠를 채운 것처럼 입을 열지 않는 이들.

"……거참."

올노운의 입꼬리가 비딱하게 비틀어졌다.

"협조적이지 않을 거라곤 예상했지만 정신 방벽이 그렇게 단단할 줄은 몰랐군."

그러자 그의 오른팔이라고 할 수 있는 세컨드 헌터 '좌검'이 입을 열었다.

"마스터께서 허락하신다면 조금 강압적인 방법을 사용해 볼까 합니다만. 어떠십니까?"

"비공식적인 방법이라……."

그것은 상대를 두들겨서 정신 방벽을 무너뜨리고 정보를 끌어내 보자는 이야기였다.

'백수팀장이 테러리스트 하나를 족쳐서 정보를 뽑아냈다지?'

유광명에게 들어서 알고 있었다.

하지만 올노운의 방식은 아니다.

"무진 그룹이 고문이라니."

그들은 유서 깊은 검문(劍門)이고, 검에 깃든 긍지를 중시하는 이들이었다.

대립하는 세력이라고 해서 불필요한 고통을 가하는 일은 상상해 본 적도 없었다.

하지만.

"그래, 준비해. 내가 직접 들어가겠다."

그 명예와 긍지는 이미 옛날 이야기였다.

분노에 잠식된 올노운은 이미 자신의 검이 더럽혀졌다고 생각하고 있었다.

'난 뭐든지 할 수 있어.'

또 다른 더러운 영역에 발을 들이는 것쯤은 아무것도 아니었다.

아니, 그보다 더한 짓도 할 수 있다.

"마스터, 제가 들어가겠습니다."

"아니, 내가 직접 한다."

"하지만……!"

"하하, 이미 더러워진 검에 피 한 방울 더 튄다고 해서 딱히 달라지는 것도 없지 않나."

"……"

"겨울이에게는 다들 비밀로 해 다오."

"예, 알겠습니다."

좌검과 휘하의 헌터들의 표정에 안타까움이 스쳤다.

그러나 올노운 무덤덤하게 몸을 일으키며 단검을 집어 들었다.

"일단 '마력 금제'부터 시작하지."

마력 금제.

그것은 마력 체계의 일부분을 봉인해서 마력 각성자를 일반인의 수준으로 끌어내리는 작업을 의미했다.

금제가 걸린 헌터는 일반인과 마찬가지로 교도소에 수용될 수 있을 정도로 약화된다.

그러나 올노운이 원하는 금제의 효과는 그보다 한발 더 나아간 것이었다.

마력 체계 전체를 무력화시켜서 정신 방벽을 허물어뜨리는 것.

그렇게 정신 내부를 파고들어서 정보를 얻어 내는 것이 그의 목표였던 것이다.

'마력 체계를 철저하게 무력화시키려면 마력 컨트롤을 세심하게 해야 한다.'

올노운은 그것을 유념하며 조사실 내부로 들어섰고.

"……일어나."

유리창 바깥에서 수하들이 지켜보는 가운데, 그는 남헌터의 가슴에 손을 가져다 댔다.

우선 세 사람 모두에게 마력 금제를 걸어 놓고 순차적으로 정신 심문을 진행해서 정보를 최대한 얻어 낼 작정이었다.

이들에게 어떤 고통이 주어지더라도 올노운은 그것을 빈틈없이 해낼 작정이었다.

하지만 바로 그다음 순간.

――!

언어로 치환할 수 없는 충격음이 터져 나왔다.

가장 가까운 곳에서 막을 수 없는 폭발이 일어난 것이다.

그런데 세 개의 그림자는 그 폭발을 무시하고 바깥으로 튀어 나가고 있었다.

신우는 자신이 보고 들은 것을 모두의 앞에서 고스란히 펼쳐 내 보였다.

멍하니 그것을 지켜보던 진세희는 적잖이 충격을 받은 표정이었다.

"허, 무슨 기억 통제술이……."

본인도 모르게 중얼거리다가 뜨끔하며 입을 다물 정도였다.

그리고 나는 미간을 찌푸린 채 생각에 잠겨 있었다.

'신인류 조직원들은 이미 마력 수갑이 채워진 상태였어.

그리고 올노운은 마력 금제를 걸기 위해서 자신의 마력을 섬세하게 끌어내서 주입했을 거고.'

바로 이 시점에서 폭발이 터져 나왔다.

그렇다면…….

'붙잡힌 신인류 조직원들이 올노운이 최대한 가까이 오기를 기다렸다가 폭발을 터트렸다는 것일까?'

나는 고개를 저었다.

놈들의 입장에서는 올노운이 직접 그만큼 가까이 올 것이라고 예측하기가 어려웠다.

그것은 순전히 올노운의 고집에 의해 만들어진 우연한 타이밍이었다.

'차라리 처음 붙잡힌 순간에 터트려 버리는 것이 가장 적당했을 텐데, 그런데도 그때까지 기다렸다는 것은?'

오히려 그 폭발의 원인이 다른 곳에 있었다는 뜻일 수도 있다.

"원격 폭발, 조건부 폭발, 지연 폭발……."

즉, 부비트랩일 가능성.

하지만 가설에 맹점이 없는 것은 아니다.

'부비트랩은 섬세하게 터트리기가 힘들고, 폭발의 위력을 눌러 담기도 어려워.'

더욱이 강한 위력을 욱여넣었다면 그만큼 발각되는 것도 쉬워진다.

그러니 무조건 이거라고 단정할 수는 없었다.

"뭔가 더 있을 것 같은데……."

츠스스스스─!

윤동식이 손을 휘저을 때마다 기와집의 잔해가 들려 올라가고, 헌터들의 시신이 쏟아져 나오고 있었다.

"……백수현 마스터, 구경 다 하셨으면 이제 나가 주시죠."

그리고 진세희는 나에게 차가운 시선을 보내고 있었다.

"아, 한채미 헌터님은 고맙습니다. 정말 큰 도움이 되었어요. 보여 주신 단서들을 토대로 해서, 저와 붉은손 클랜이 흉수들을 추적할 겁니다. 그러니까 이제 두 분은……."

바로 그 순간에 머릿속으로 번개처럼 떠오르는 아이디어가 있었다.

"그래, 반사 증폭. 그거였구나."

놈들은 올노운이 쏟아 낸 강대한 마력을 거꾸로 이용해서 폭발을 일으킨 것이다.

'마치 볼록 거울이 된 것처럼 집중된 에너지를 방사형으로 빵 터트린 거지.'

상대적으로 작은 마법이다 보니, 타이밍도 완벽하게 맞을 수 있었고 미리 발각되지도 않았으리라.

"이봐요, 백수현 마스터?"

"조용히 좀 해 주시죠. 지금부터 그놈들을 추적해야 하는데 정신이 사납잖습니까?"

"네? 추적을 한다고요? 그 신인류 조직원들을요?"

"예, 제발 조용히 좀."

"대체 어떻게?"

"잘."

"……."

진세희의 입이 다물어지게 한 뒤, 나는 고개를 들어 올렸다.

반사 증폭을 일으킨 객체는 반드시 흔적을 남긴다.

'올노운의 마력처럼 강력한 힘을 튕겨 냈다면 더더욱 그렇지.'

강대한 힘을 받아 낸 거울이 깨지거나 녹아내리는 것처럼 추격의 단서를 남긴다는 뜻.

'그럼 오랜만에 마법을 써야겠네.'

나는 마도 특성을 활성화시켰다.


[스킬 : '잔흔 탐사'.]


원래는 상처를 입고 도망친 몬스터의 마력 패턴을 추적하기 위해 고안된 마법.

올노운의 마력 패턴은 이미 경험한 적 있다.

'그러니까 주파수를 제대로 맞추기만 하면!'

순간, 푸른 광선의 꽃이 허공에 피어나는 것처럼 복잡한 선과 원이 그려졌다.

눈앞에 떠오르는 지나간 힘의 자국들.

나는 고개를 끄덕였다.

"잡았다, 요놈."

"……!"

곧바로 아공간을 열었다.

하늘 위로 치솟으며 내달리는 마력의 자취들을 추적할 방법은 이미 정해져 있었으니까.

"잠깐만! 그거 정말로 마이스터 손의 작품……?"

"바빠요."

나는 진세희의 말을 무시하며 스로틀을 당겼다.

그러자 에어바이크는 굉음을 뿜어내며 모두의 머리 위로 솟구쳤다.

다음 권으로 이어집니다